러브♥
아카데미

러브아카데미

지은이 | 홀거 쉴라게터 · 파트릭 한츠

옮긴이 | 송소민

1판 1쇄 인쇄 | 2007. 2. 28

1판 1쇄 발행 | 2007. 3. 9

펴낸곳 | (주)북이십일_21세기북스

펴낸이 | 김영곤

기획편집 | 김선미 · 허소영 · 김지홍

영업마케팅| 윤지환 · 최창규 · 주현욱 · 한경일 · 정민영

등록번호 | 제10-1965호

등록일자 | 2000. 5. 6

주소 | 경기도 파주시 교하읍 문발리 파주출판문화정보산업단지 518-3(413-756)

전화 | 031-955-2100(대표)

팩스 | 031-955-5125(대표)

이메일 | book21@book21.co.kr

홈페이지 | http://www.book21.co.kr

값 10,000원

ISBN 978-89-509-1106-5 03850

홀거 쉴라게터 · 파트릭 한츠 지음 · 송소민 옮김

21세기북스

문이 열리는 순간, 그녀는 새파랗게 질렸다.

'오매불망 꿈에 그리던 남편감이 설마… 설마…이 남자? 키는 땅 딸막한데다 비쩍 마르기까지 한 이 왜소한 작자가 장차 내 아이들의 아빠가 될 남자란 말이야? 오 마이 갓!'

남자는 지금 몸을 잔뜩 웅크린 채 눈물까지 그렁그렁 맺힌 듯한 숭배의 눈길로 그녀를 올려다보고 있다. 그녀의 온몸에 소름이 쫙 끼쳤다.

'멋진 꿈속의 왕자님은 어떻게 된 거지? 지겨워 죽을 것 같은 허접한 삶으로부터 나를 구출해줄 용감한 왕자님은 어디로 간 거야? 환상적인 새로운 인생으로 나를 이끌어줄 멋진 왕자님은 어디로 간 거냐구? 행복의 전령사가 고작, 고작 이거란 말이야? 그럴 리가 없어. 내 인생의 남자가 이따위 볼품없는 난장이일 리는 절대로 없다구!

"안 돼!"

그녀는 외마디 소리를 지르며 복도 저편 벽에다 있는 힘껏 그를 내동댕이쳤다.

"이 망할 놈의 개구리!"

그리고 그녀는 성문을 '쾅' 닫아버렸다.

휴… 지독한 악몽이다. 혹시 당신도 이런 악몽을 꾸는가? 아니면 현실 속에서 만나는가? 알다시피 현실에서도 악몽 같은 일들이 벌어지곤 한다. 인생이 언제나 우리가 바라는 대로 진행되는 것은 아니니까. 간절히 꿈꿨던 것들이 허망하게 빗나갈 때도 있지 않던가. 이런 옛말이 있다. '아무것도 바라지 말라. 그러면 꿈이 이루어질 것이다.'

옛말 치고 틀린 말 없다. 역시나 조상님들은 인생의 비밀을 꿰뚫어보고 있어서 '소망이 곧 허상' 이라는 진리도 알고 있었던 것이다. 세월이 한참 흘러 신선 같은 눈으로 세상을 바라볼 수 있을 즈음이면, 실망과 좌절로 상처 받는 일도 사라지게 될까? 노인이 되면?

세상만사 중에 '인간관계' 보다 더 마음을 좌지우지하는 일은 없다. 우리가 경험하는 대부분의 기대와 환상과 실망과 좌절과 상처 등은 많은 부분 인간관계에서 벌어진다. 상대가 친구이든, 가족이든, 연인이든, 아니면 그저 오다가다 알게 된 사람이든 간에 인간관계는 다 마찬가지다. 그렇지만 뭐니 뭐니 해도 그 중에서도 가장 큰 실망과 상처를 남기는 관계는 '사랑' 일 것이다.

짝을 지어 살아가는 데 필요한 성격은 선천적으로 타고난다고 한다. 이는 틀린 말이다. 사람은 무한히 배울 수 있는 능력을 가진 존재이다. '사랑'도 얼마든지 배울 수 있다. 으흠! 러브 아카데미에서 인간관계를 잘 이끌어가는 방법을 배울 수 있다. 특히 사랑의 관계를! 우리는 아무것도 요구하지 않을 것이다. 오로지 강한 의지만 갖추기를 바란다. 우리는 심리치료와 정신과 상담현장에서 오래도록 경험한 끝에, 사람들이 골머리를 앓는 대부분의 문제가 인간관계라는 사실을 깨달았다. 이 중요한 인식이 당신에게도 매우 큰 도움이 되리라 생각한다. 우리가 진행하는 인간관계학 수업에 참여하는 사람들은 두 가지 큰 수확을 하게 된다는 것을 보장한다. 첫째, 자기 자신을 찾고, 둘째, 사랑을 찾게 될 것이다.

파트릭 힌츠 교수 / 홀거 쉴라게터 교수

당신이 현재 싱글이든 커플이든 양다리이든, 문어발이든, 조건에 관계없이 러브 아카데미는 당신을 대환영한다. 특히 끊임없이 이성은 만나는데, '애인' 관계까지는 접어들지 못하고 끝나고 마는 사람, 이상하게도 성질 나쁜 애인만 만나 인생에 태클만 걸리는 사람, 내가 가진 조건만 호시탐탐 노리는 상대들 때문에 온전한 연애를 할 수 없는 사람, 완벽한 S라인의 여자를 원하지만 그녀의 바람기가 겁이 나는 사람, 완벽한 꽃미남을 원하지만 그의 바람기가 두려운 사람, 순정을 바치고 싶지만 연애에 서툴러 표현하는 방법을 모르는 사람, 사랑의 상처 때문에 사랑을 믿지 않게 된 사람, 연애는 좋은데 결혼은 두려운 사람, 낭만적인 연애를 원하는데 적당한 상대를 못 만난 사람, 혼자 있는 저녁시간이 너무나 괴로운 사람, 어릴 때부터 그려온 이상형을 단 한번만이라도 만나보고 싶은 사람, 제발 좀 사려 깊은 연인을 만나 존중받아보고 싶은 사람, 자존심 싸움 같은 데 시간 낭비하지 않는 사랑을 하고 싶은 사람, 처음과 같은 뜨거운 섹스를 지속할 수 있는 사랑을 원하는 사람, 검은 머리 파뿌리 될 때까지 변치 않는 사랑을 나누고 싶은 사람, 내 인생을 모두 걸 수 있는 상대를 만나고 싶은 사람 등. 모두 다 환영이다. 당신들의 입학을 무조건 환영한다. 러브 아카데미에 다니면 인간관계학 전문가가 된다. 이 말이 의심스러운가? 믿어보시라! 우리는 약장사도 아니고 피라미드 조직도 아니다. 책이 끝날 즈음에 전기담요를 사라고 하거나, 친구 세 명을 데려오면 한 권을 더 주겠다며 밀어붙이는 일도 없을 것이다. 우리가 가진 삶의 철학을 억지로 주입하자는 것은 더더욱 아니다. 여기에서는 다만 자기에게 맞는 것을 듣고, 관찰하고, 숙고하고, 배우기만 하면 된다. 그저 당신이 수업과정에 즐겁게 참여하다가 졸업하는 시점에 이르면, 전보다는 좀 더 많은 것을 알게 되기를 바란다. 러브 아카데미의 과정을 '연구' 라 부르는 이유는, 정해진 과제에 열심히 정진해야 하기 때문이다. 그 대가로 러브 아카데미에서는 어떤 박사학위보다 더 가치 있는 '인간관계학 학위' 를 단기간에 받는 특혜가 주어진다.

러브 아카데미 입학을 환영합니다!

당신이 우리 아카데미에 들어오기로 결정한 것을 진심으로 환영한
다. 많은 결실을 얻을 것이라 확신해도 좋다. 10학기 과정의 수업을
통해 자기 자신과 타인을 사랑한다는 것이 무엇인지, 사랑이 당신에
게 어떤 영향을 미치는지를 배우게 될 것이다. 이 과정을 마치고 나면
당신이 추구하는 꿈이 중요한 이유, 이기주의와 사랑과의 관계, 스스
로 성장하는 법, 있는 그대로의 자기 자신을 좋아하는 법을 알게 된
다. 또한 당신이 진정으로 가고자 하는 삶의 방향을 찾아내고, 목표에
도달하는 방법도 터득하게 된다. 게다가 대관절 어떻게 돌아가는 것
이 인간관계이기에 사람들과 늘 다투며 삐꺽댔던가 하는 이유, 그동
안 실수를 거듭했던 이유, 더 나아가 걸림돌을 유유자적하게 피해가
는 방법도 알 수 있다. 그리고 최종적으로는 삶에 생기를 북돋아줄 꿈
의 파트너를 찾기 위해 해야 하는 일, 또는 하지 말아야 할 일에 대해
서도 배울 것이다.

아무튼 우리 모두는 인간관계 속에 살고 있지 않은가? 인간관계를

최상의 상태로 만드는 것이 우리 러브 아카데미의 목표이다. 이 목표를 위해 수업은 다음과 같이 구성된다. 러브 아카데미의 인간관계학 코스는 전체 10학기이며, 크게 두 과정으로 나누어진다.

I · 예비과정 · I & I relationship

II · 전공과정 · You & I relationship

CONTENTS

수업과정은 단계별로 차근차근 진행된다. 우리는 열심히 하라고 격려를 할 뿐, 불가능한 일은 요구하지는 않으니 마음 푹 놓고 안심하기를! 러브 아카데미에 입학하기 위해 필요한 입학자격증은 따로 없다. 살아오면서 이미 수많은 경험들을 모았을 것이고, 그것이 바로 입학자격증이다.

부디 학생들은 그저 건성으로 내용을 쓱 훑고 지나가지 말고, 10학기 수업에 충분히 시간을 투자해주기 바란다. 시간을 많이 투자할수록 좋다. 단 몇 주 만에 끝나는 것이 아닌, 평생을 두고 함께 할 가치 있는 과정이니까 말이다. 그렇다고 해서 이 책을 읽자고 월차나 특별 휴가를 낼 필요까지는 없고, 짬짬이 쉬어가면서 하라. 하지만 휴가 때 책을 읽는 게 가장 좋을 것 같긴 하다. 왜냐하면 마음에 여유가 있어야 내용도 쏙쏙 들어오기 때문이다. 과정을 따라가다 보면, 분명히 어떤 학기는 자신에게 특히 '콕' 와 닿는 내용이 있을 것이다. 그럴 때에는 그 학기에 더 시간을 투자해서 찬찬히 공부해보라. 굳이 규정에 얽매일 필요 없이 마음 가는대로 진도를 나가도 좋다. 세월이 흐른 다음, 혹 다시 수강할 기회가 생길 수도 있다. 그때, 당신은 아마도 예전에 당신에게 중요했던 학기가 이제 더 이상 중요하지 않고, 오히려 다른 학기가 더 중요해졌음을 느끼게 될 것이다. 당연하다. 이것이 바로 우리 강사들이 기대하고 바라는 바이다.

러브 아카데미는 당신의 전 생애에 걸쳐 필요할 때마다 조언을 구할 수 있는 삶의 안내자 역할을 할 것이다. 싱글이든 한 쌍의 연인이든, 인간관계를 맺고 있는 모든 이에게 아이디어와 자극을 주는 인생 도우미 말이다. 이곳은 우리가 살아있는 한 겪게 되는 '인간관계'라는 어려운 학문을 마스터하도록 돕는 상담기관이니까.

러브 아카데미 과정의 커리큘럼은 다음과 같다.

첫 번째 단계 – 예비과정(1학기–5학기)

이 단계에서는 자신에 대해 명확한 이해를 하도록 돕는다. 간혹 성급한 학생들은 '어서 빨리 연애 노하우부터 가르쳐 달라!'며 항의하는데, 제발 진정하고 정신 차리기 바란다. 연애는 '관계'다. '나'와 '남'이 만나 이루어내는 관계 말이다. 그런데 '나'에 대해서도 제대로 모르는 상태에서 무슨 재주로 '남'을 알고 '관계'를 알겠나? 관계가 삐걱대는 것이 사실은 내 안의 문제에서 비롯되는 경우도 많다. 알고 보면, 타인과의 관계는 내가 나 자신과 맺고 있는 관계를 반영하는 거울이다. 다시 한번 강조하지만 '우리'가 되기 위해서는 우선 '나'가 필요하다. 사랑을 제대로 하고 싶다면, 부디 이 단계를 충실히 밟아가기 바란다. 자신을 제대로 아는 것이 행복한 사랑을 누리기 위한 기본이니까.

이 단계에서 자신에 대한 문제를 찾아가다 보면, 사소한 감정과 행동까지 세심하게 점검하라는 요구를 받게 될 것이다. 그런 것을 하찮게 생각하는 학생들도 있는데 그럴 일이 아니다. 생각해보라. 할인쿠폰 챙기기부터 발톱 소제하기까지, 일상생활의 숱한 문제들은 작은 일까지도 잘도 관리하면서 정작 중요한 내면의 문제들은 무시한다는 것이 얼마나 어리석은 일인지. 작은 감정과 행동으로부터 큰 문제를 끌어낼 수 있으니 항상 강사진의 요구에 적극 호응하라.

자기 자신에 대해 잘 알고, 자신을 사랑하는 일은 행복한 인간관계를 위해 필요한 절대적인 전제조건이다. 자신을 사랑하는 일은 실제로 가능하다. 당신은 5학기 동안 공부하면서, 세상에서 제일 관심이

가는 사람에 대해 집중 탐구하게 될 것이고, 그 일이 무척 흥미로울 것이다. 그 사람은 바로, 당신 자신이다.

두 번째 단계 – 전공과정(6학기~10학기)

이 과정은 뚜렷한 발전단계를 가지고 진행되기는 하지만, 원하면 건너뛰거나 골라 읽어도 괜찮다._{이미 예비과정을 마친 학생으로서 충분한 자격이 있다.} 이 과정에서는 '우리'라는 차원의 관점을 확장시킬 것이다. 이 과정에서는 다른 사람과 같이 삶을 나눌 때 유의해야 할 특수성에 대해 설명한다. 위기상황에 대처하고, 문제를 올바르게 판단하고, 파트너를 더 잘 이해할 수 있는 방법을 배우는 것이다. 한마디로, 연인관계를 지속하는 데 필요한 기본지식을 알려줄 것이다. 여기에서 다양한 관계 유형 30가지와 25가지 연인관계에서 가장 빈번하게 발생하는 문제의 원인을 파헤치고 분석한다. 그럼으로써 '나의 화려한 전성기로 되돌아가는 법', '타인을 가차 없이 내몰지 않는 방법으로 좋게 한계를 긋는 법', '가슴 속에 숨어있는 낭만을 발견하는 법', '사랑이 기능하는 법'을 배운다. 이 모든 지식이 새로 시작한 연인관계를 더욱 행복하게 가꾸는 데 도움이 될 것이다.

　말이 나온 김에 덧붙이면, 우리는 당신의 목표와 소망을 성취하는데 힘을 주는 지원대가 되고 싶다. 당신이 조화로운 관계를 이루고, 믿음과 사랑으로 짝을 맞이하는 데에서 큰 보람을 느낀다. 당신이 행복하기를 진심으로 바란다. 그리고 반드시 목표를 달성하리라 믿어 의심치 않는다.

　여기에서 한 가지 일러둘 것이 있다. 러브 아카데미에서 야하고 자극적인 사진이 곁들여진 실용적 섹스정보를 기대하지는 말라. 그 일은 저마다 각양각색의 취향을 가지고 있는데다, 섹스 자체만의 주제는 우리의 의도에 비해 한참 진부하다. 만족스러운 섹스가 탄탄한 연인관계를 결정짓는 필수조건도 아니다. 물론 만족이 없는 섹스나 전혀 섹스를 하지 않는 것도 문제는 문제지만! 자세한 내용은 8학기에 나와 있다.

　이제 러브 아카데미의 교수진을 소개한다.

　러브 아카데미 창설자이자 학장은 러브F. Love 교수다. 학장은 아카데미의 지도방향을 지시하는 역할을 한다. 매 학기가 시작될 때마다 우리 강사들에게 서면으로 수업내용을 지시하지만, 학장 스스로는 학생과 직접적으로 대면하지 않는다. 살짝 귀띔을 하자면, 학장의 딱딱한 발언에 위축되거나 불안해할 필요는 없다. 그는 러브 아카데미의 최고 책임자라는 '학장'의 위치에서 그런 사무적인 발언이야말로 훌륭한 권위의 표시라고 생각하는 사람이다. 가끔은 멋지게 위엄을 갖춘 말을 찾지 못해 쩔쩔매는 모습을 들키기도 한다. 하지만 그의 아이디어만큼은 탁월하다. 학장의 아이디어를 교육적으로 가치 있고 재미있는 방식으로 잘 버무려 학생들에게 전달하는 일은 강사들이 맡은 신성한 임무이다. 그러면 두 명의 강사들을 소개하겠다.

홀거 슐라제터 박사는 인간관계의 분석, 갈등해결과 치료 전문가로 인간관계학의 대가이다. 파트릭 힌츠 교수는 파트너관계 전문가이자 위기예방 분야의 대가이다.

러브 아카데미의 인간관계학 수업과정에서 많은 성과를 거두고, 참여하는 동안 즐거움이 함께 하기를 기원한다.

친애하는 강사 여러분,

신입생들이 입학하는 날입니다. 강사님들은 첫 학기에 다음의 내용을 전달해주기 바랍니다.

1. 성찰과정 시작
2. 학생들의 인생목표 목록작성
3. 상황분석

강사님들이 내가 의도하는 학업내용으로 학생들이 자신의 진실과 대결하도록 잘 지도하시리라 믿습니다. 학생들이 인식을 얻는 데 도움을 주시고, 자신을 변화시킬 수 있도록 격려해주십시오. 나는 학기를 시작하는 시점에서 이와 같이 서면으로 학습내용을 강사님들에게 전달할 것이며, 강사님들은 주간마다 중간보고를 해주기 바랍니다.

그러면 제1학기의 훌륭한 출발을 기원합니다!

수고하십시오

Prof. Love

F. 러브 박사 (러브 아카데미 학장)

연애를 위한 절대조건

원하는 연애를 하고 있는가?

♥ 타고난 기질도 바꿀 수 있을까?

　　남자친구 마크의 부모님으로부터 식사 초대를 받은 에바는 화들짝 놀랐다. 마크가 아버지를 쏙 빼닮았기 때문이다. 귀염성 있게 약간 처진 눈꼬리와 단정한 입매까지 판박이였다. 그런데 닮은 것은 외모뿐이 아니라는 것은 식사가 시작되고 얼마 지나지 않아 드러났다. "웨이터, 여기 스프 스푼 좀 바꿔 줘요. 얼룩이 졌네. 고급 레스토랑에서 어떻게 이런 일이 있나." 마크의 아버지가 눈살을 찌푸리며 스푼을 내밀었고, 웨이터는 고개를 숙이며 정중히 사과를 했다. 그러나 에바는 주방 쪽으로 걸어간 웨이터가 매니저와 함께 불빛 아래서 스푼의 얼룩을 찾느라 한참을 애쓰는 모습도 보았다. 얼마나 '큰' 얼룩이었으면! 잠시 후 빵이 서빙 된 다음부터는 에바는 대화에 집중할 수가 없었다. 마크의 아버지가 연신 테이블 위에 떨어진 빵 부스러기를

23

치우는 모습에서 눈을 뗄 수 없었기 때문이다. 마크의 아버지는 어머니가 흘린 빵가루까지 손가락으로 찍어 눌러 치우고 있었다. '저건 어디서 많이 보던 건데… 앗, 마크!' 아니나 다를까, 에바 옆에 앉은 마크도 먹는 일보다 빵 부스러기를 치우는 일에 더 열중하고 있었다. 세상에나! 부자가 어쩜 이렇게도 닮았을까. 에바는 유난히도 깔끔을 떨며 지저분한 것은 참지 못하는 마크의 성격이 어디에서 비롯된 것인지 그때서야 알 수 있었다. 바로 '부전자전' 이었던 것이다.

부모와 똑같은 직업을 선택하는 자식들이 많다. 아버지도 의사, 어머니도 의사에, 아들도 의사인 집안, 3대째 가업을 이어받아 빵집을 운영하는 집안 등. 우리 주변에서 어렵지 않게 볼 수 있는 경우다. 성격이나 기질 쪽으로 가면 더 많은 경우를 볼 수 있다. 마크의 깔끔한 성격이 아버지를 닮은 것처럼 말이다. 그렇다면 자상한 아버지의 아들은 자동적으로 자상한 남편이 되고, 살림꾼인 어머니 아래 자란 딸은 자신도 알뜰한 살림꾼이 되는 것일까? 이런 경향은 선천적으로 유전자를 통해 물려받는 것일까, 아니면 환경의 영향, 다시 말해 집안 분위기에 의해 교육된 것일까?

성격과 태도가 유전적으로 결정되는지, 아니면 각인된 경험 판단력이 부족한 어린시절부터 강제로 주입된 가치관에 세뇌당한을 통해 발전되는 것인지에 대해서는 지금도 심리학자들 간에 열띤 논쟁이 벌어지고 있다. 아직 어느 쪽도 상대편을 누를만한 우세한 이론을 확립하지 못했다. 당연히 우리도 답을 모른다. 다만 어떤 쪽으로든 영향을 받는다는 것만은 분명하다. 물론, 성장하면서 그 틀에서 어느 정도 벗어날 수도 있다. 다른 것은 몰라도 '태도' 만큼은 얼마든지 변화시킬 수가 있다. 본인의 노력 여하에 따라서 말이다. 물론 커다란 용기와 배짱과 냉철한 판단력이 필요하긴 하지만!

사람은 쉽게 바뀔 수 있을까? 일단 용감한 두 인물의 경우를 소개하겠다. 고대 그리스의 유대 문헌학자 사울루스는 초기 기독교도를 무참히 학살한 사람이다. 그런데 언젠가부터 그는 기독교가 그렇게 나쁘지 않다는 생각을 하게 되었다. 급기야 그는 시리아의 수도 다마스쿠스에서 개종을 하기에 이르렀고, 이름까지 '파울루스' 라고 바꾼 뒤 오늘날의 기독교를 확립했다.

이제 하이디의 예를 보자. 하이디는 32세이다. 그녀는 7년간이나 사귄 애인이 있는데 그 애인은 소문난 바람둥이다. 그가 다른 여자들을 집적거린다는 사실을 알고도 다시 그를 만나는 생활을 7년간 반복해왔다. 그저 장난일 뿐이었다고 변명하며 그녀 앞에 싹싹 빌며 선물 공세를 하고 공주처럼 대접해오는 그를 뿌리칠 수가 없었다. 거슬러 가보자면, 하이디의 할아버지도 바람을 피웠고, 아버지도 바람을 피웠다. 그것을 보고 자랐으니 바람둥이가 지긋지긋할 만도 한데, 그렇지 않았다. 여기에 우리가 모르는 비밀이 있다. 하이디의 무의식 속에는 비판의식보다는 '여자는 남자의 바람기쯤은 이해해줘야 한다' 는 비극적인 고정관념이 자신도 모르게 커져 있던 것이다. 어느 날 지독한 싸움이 일어난 후, 하이디는 도저히 참을 수 없어 헤어지기로 결심했다. 그리고 심리치료 센터를 찾았다. 그곳에서 비슷한 처지의 다른 여성들의 이야기를 들으면서 그때야 비로소 정신이 번쩍 들었다. 바람기라는 것이 결코 일시적인 게 아니라는 것을 알게 되었다. 그녀는 앞으로는 절대로 남자에게 당하고 살지 않겠다고 다짐했다. 자신을 진정으로 아끼는 남자를 만나겠다고 결심한 것이다.

파울루스와 하이디는 공통점이 있다. 오랫동안 익숙하게 유지해 오던 삶의 태도를 확 바꿨다는 것이다. 역설적인 말이지만, 파울루스는 사람들을 무참히 학살하는 일, 하이디는 남자친구의 바람기를 묵인하며 나머지 권리만 누리는 편이 더 쉽고 편한 일이다. 오랫동안 길들어온 일이고, 어려서부터 영향 받은 가치관이기 때문이다. 생판 모르는 환경에 들어가 자기를 변화시키고 낯선 방식으로 사는 것보다는 그쪽이 편할 것이다. 누구에게나 '낯선 것'은 두렵다. 새로운 것을 받아들이는 일은 결코 쉬운 일이 아니다. 파울루스는 세상의 질시를 받아야 했고, 하이디는 우선 어색하게 자신의 사생활을 털어놓으며 상담을 해야 했다. 그래서 사람들은 잘못된 것을 알면서도 익숙한 것에 발을 담그고 있는 경우가 많다.

당신의 경우는 어떤가? 당신도 익숙한 것을 더 선호하는가? 그래서 모험을 감수해야 하는 길에는 한 번도 발을 들여본 적이 없는가? 두려움과 마음의 갈등이 싫어서, 혹은 사랑하는 사람과 충돌을 일으키지 않기 위해서, 또는 주변에 풍파를 일으키지 않기 위해서?

사람들은 자신이나 남을 편하게 하기 위해 스스로를 부정할 때가 많다. 그러고는 자신의 가치관이나 꿈을 단념하는 식으로 타협을 보곤 한다. 부모님의 노발대발이 두려워 힙합가수가 되는 대신 의과대학에 진학한다거나, 애인을 실망시키지 않기 위해 뉴욕지사 발령을 거부하며 승진 기회를 포기하는 일 따위의 예는 주변에 널려 있다.

이런 일을 두고 러브 아카데미에서는 자아를 실현하는 길에서 '진로이탈' 한 경우라고 한다. 때로는 직선에서 완전히 이탈하지는 않고 살짝 '커브' 만 틀기도 한다. 완전히 포기한 것은 아니고 언젠가는 다시 돌아가게 되는 경우를 말한다. 커브를 도느라 계획보다 시간과 비용이 더 많이 들긴 하지만, 그래도 삶의 목표를 성취한다. 하이디처럼 말이다. 그녀는 용기를 내보이며 다시 자신의 인생을 찾았다. 반면에 어떤 이들은 평생 가도 자신의 목표에 이르지 못한다. 이런 경우가 정말 비극이다.

♥ 나는 '내가' 원하는 삶을 살고 있나?

자신의 꿈을 인식하고 그것을 좇아 살아가는 일이 자아실현의 첫걸음이다. 또한 남과 더불어 사는 사람이 되는 첫걸음이다. 연애에 있어서도 마찬가지다. 상대를 배려하는 정도는 괜찮지만, 스스로를 억누르며 불행해하면서까지 상대방에 맞추어야 할 이유는 없다. 남을 위해 자신을 버리는 것은 언젠가 폭발할 시한폭탄을 안고 사는 것이나 마찬가지니까.

잠깐 음식 이야기로 빠져볼까? 식품산업은 먹는 즐거움을 포기하지 않으면서도 날씬한 몸매를 갖고 싶어 하는 사람들의 꿈을 이용해 수십억의 수익을 올린다. 다이어트 콜라, 저지방 아이스크림 같은 것이 왜 나왔겠는가? '살찌는 것' 에 대한 노이로제가 있는 사람들은 햄버거를 먹을 때마다 죄책감에 시달린다. 그래도 그 맛의 유혹을 이기기는 어렵다. 만일 무지방 햄버거가 만들어진다면, 분명 세계적 히트 상품이 될 것이다. 그러나 칼로리가 없는 햄버거가 어떻게 가능하겠는가? 그 두툼한 살코기와 빵과 치즈는 다 어떻게 하라고? 따라서 무지방 햄버거라는 상상은 실제로 이룰 수 있는 목표라기보다는 '환상'에 가깝다. 아름다워져 찬탄의 대상이 되고 싶은 환상, 달리 말해 타인에게 사랑받고 싶은 사람들의 환상! 당신이 지금 애인과의 관계를 위해 당신 안의 중요한 무엇인가를 눌러놓고 있다면, 그것은 '무지방 햄버거'나 마찬가지다. '가짜'라는 말이다. 무의식 속에 눌러놓은 것은 말 그대로 '눌러놓은' 것일 뿐, 사라지지는 않는다. 언젠가는 튀어나와 상대방도, 당신도 불행하게 만들지도 모르는….

하이디의 꿈은 종속되지 않는 관계 속에 사는 것이었고, 현재도 그렇다. 그녀는 지금 자신의 꿈을 안다. 실은 그 전에도 알았지만 '그런 생각은 옳지 않아!'라는 잘못된 가치관으로 인해 눌러놓고 살았을 뿐이다. 그러다 오랜 상담과 자신에 대한 성찰, 그리고 지원해주는 많은 사람들을 통해 비로소 깨달았다. 곧아야 할 삶이 너무 많이 휘어졌음을. 이제 진로이탈을 수정할 시간이 온 것이다.

하이디의 이야기는 우리에게도 두 가지 질문을 던진다.

1. 삶의 '진로이탈'을 어느 정도의 수준까지 받아들일 수 있는가?
2. '내 길을 간다'는 방향으로 인생의 노를 젓는다면, 어떤 일이 일어나겠는가?

새로운 시작을 위해 지금까지 살아온 삶의 방식을 포기한 사람들이 당신 주변에도 있을 것이다. 30세가 되어서야 비로소 오직 한 남자의 아내로서만 살아왔다는 것을 깨달은 주부, 산악등반가가 되기 위해 좋은 직장을 그만 둔 40대 중반의 은행가, 삶에서 공유하는 부분이 전혀 없다는 사실이 분명해짐으로써 결혼한 지 9년 만에 이혼하는 부부들. 그들은 모두 공통점을 가지고 있다. 자신이 원한 것이 아니라, 타인의 기대에 맞추기 위해 살아온 인생에서 드디어 벗어나려는 시점에 이른 것이다. 이들을 보고 '탈락자'라고 말하면 안 된다. 그보다는 '전환자'라고 불러야 할 것이다. 왜냐하면 탈락자는 '모든 것을 포기했다'는 부정적인 이미지를 주지만, 전환자는 모든 것을 포기한 것이 아니기 때문이다. 이들은 다만 삶에서 중요한 부분을 다시 정의하고, 그에 맞게 개조했을 뿐이다. 자신을 위해 삶을 수정한 것이다. 이런 일은 굉장한 용기를 요구한다. '정신이 있냐?'는 비난 대신에 그 용기에 경의를 표해야 하지 않을까?

행복을 위한 첫 걸음 즉 행복한 '연애'를 위한 첫 걸음은 자신의 꿈을 바로 알고, 그것을 인정하는 것이다. 이제 당신도 자문해보라. '나는 정말 내가 원하는 삶을 살고 있나?' 그리고 이 말을 꼭 기억해두시길. '꿈은 삶을 위해 존재한다!'

친애하는 강사님들,

어제 한 여대생과 대화를 해보니 성찰과정이 계획대로 잘 실행된 것 같습니다. 경과가 좋아 보입니다.
이번 학기에는 다음의 내용을 다루십시오.

> 1. 원인 추적
> 2. 꿈과 소망은 어디에서 오는가?
> 3. 그 꿈이 자신의 것인가?

제2학기의 좋은 출발을 기원합니다!

수고하십시오
Prof. Love

F. 러브 박사 (러브 아카데미 학장)

추신 : 2층에 있는 커피자판기를 없애기로 했습니다. 너무 지저분하더군요.

객관적인 자아탐구
빨간불이 켜졌을 땐 '나'를 돌아보라

♥ 나는 충분히 독립적인데, 왜 이렇게 힘들지?

"누구도 나한테 이래라 저래라 할 수 없어. 내가 남의 조종이나 당하는 사람인 줄 알아? 난 완전히 독립적인 인간이라구!" 박수라도 쳐줘야 될 것 같은 웅변이다. 혹시 이렇게 자신만만하게 외쳐본 적이 있는가? 그런데 이 말이 얼마나 잘못된 말인지는 혹시 알고 있는가?

이 세상에는 완전히 자유롭고 완전히 독립적인 개인은 없다. 물론 우리는 자신의 머리로 판단하고, 자신의 뜻대로 행동한다. 남의 말이나 시선에 신경 쓰지 않는 독불장군들도 있다.

그러나 그렇다고 해서 '절대적으로' 자유로울 수는 없다. 왜냐하면 나는 결코 혼자가 아니기 때문이다. 공포 영화 이야기를 하자는 건 아니다. 천만에! 이게 도대체 무슨 말인지는 다음의 사브리나의 예가 분명하게 보여줄 것이다.

세계적인 광고회사의 부장인 사브리나는 성공을 거둔 커리어우먼이다. 그녀는 여덟 살과 열두 살짜리 두 딸과 교사인 남편과 함께 살고 있다. 사브리나는 아침마다 조깅을 하며 자신을 관리한다. 빡빡한 일정 중에 잠깐이라도 시간이 나면 독서를 하고 아이들도 돌본다. 모범적인 어머니의 모습도 보여주고 싶기 때문이다. 사브리나는 나무랄 데 없는 생활을 하고 있다. 그럼에도 불구하고 그녀는 오늘 심리치료 전문의를 찾아왔다.

심리치료 전문의 : 안녕하세요. 반갑습니다. 그런데 무슨 문제로 오셨습니까?

사브리나 : 잘 모르겠어요, 박사님. 지금 뭔가 어긋나고 있는 것 같아요. 요즘 들어 밤에 잠도 오지 않아요. 동료들은 저를 미워하죠, 아이들은 머리 꼭대기까지 올라서는데다 제 남편, 그 쫌생원은 어차피 아무 도움도 되지 않고요.

심리치료 전문의 : 흐음…….

사브리나: 있잖아요, 저는 고민 같은 건 별로 없는 편이에요. 사실 잘 지내고 있어요. 하지만 항상 '실적, 실적, 오로지 실적' 만 요구하는 직업이란 게 좀 피곤하죠. 모든 게 저한테 달렸으니까요. 그런데 정작 내가 필요한 게 뭔지 물어보는 사람은 아무도 없어요. 다들 제게서 뜯어가려고만 하구요.

심리치료 전문의 : 아하…….

사브리나 : 정말이에요! 지금도 배가 살살 아파요. 아침에 사무실에 나가면 늘 그래요. 직원들이 저를 어떻게 쳐다보는지 박사님께서 한번 보셔야 해요. 물론, 아무도 대놓고 뭐라고 하지는 않아요. 제가 부장이니까요. 그래도 직원들의 시선에서 나를 미워하고 있다는 게 보여요. 아무도 믿을 수 없어요. 누가 내 자리를 넘볼까 바짝 긴장이 돼요. 자칫 비긋했다가는 그 자리에서 밀려나거든요.

심리치료 전문의 : 그렇군요…….

사브리나 : 하지만 그렇게 되지는 않을 걸요. 제가 호락호락 넘어가진 않죠. 부모님께서 저를 패배자로 키우지는 않았으니까요. 마지막에 가서는 언제나 제가 이겼어요. 남편이 바람을 피우면서 너절한 계집애와 놀아날 때도 그 말을 해주었어요. 그리고 실제로 누가 이겼는지 아세요? [만족해서 빙긋 웃으며] 남편은 돌아왔어요. 저한테요! 그리고 우리 아이들한테요.

심리치료 전문의 : 으음…….

사브리나 : [이마를 찌푸리며] 박사님도 상담료가 비싼 줄은 아시겠지요? 그런데 여태 아무 말씀도 없으시네요.

심리치료 전문의 : 당신은 직업적 성취에 가치를 두고 있습니까?

사브리나 : 그걸 질문이라고 하세요? 아니, 그럼 그거 말고 뭐가 가치 있는데요?

심리치료 전문의 : [진지하게] 다시 한 번 묻겠습니다. 당신은 직업적

성취에 가치를 두고 있습니까?

사브리나 : [더 나지막한 소리로] 그럼 그밖에 뭐가 가치가 있냐구요?

심리치료 전문의 : [미소를 지으며] 좋아요. 드디어 우리가 시작할 수 있겠군요.

이쯤에서 우리도 잠시 생각해보자. 이 대화가 우리의 주제와 무슨 상관이 있을까? 어디 보자.

현재 사브리나는 상담자와 단둘이 마주 앉아있다. 허나, 그 외에 너무나 많은 사람들도 같이 있다. 우선 부모님, 그 다음에는 남편, 남편과 바람을 폈던 여자, 또 아이들과 동료들이 있다.

그밖에도 그동안 그녀를 가르쳤던 선생님들, 친했던 친구, 만났던 남자들 등, 그녀가 살아오면서 가까이 했던 또 다른 사람들도 같이 있을 수 있다. 그들은 '목소리'가 되어 그녀의 머릿속에, 마음속에 자리를 틀고 앉아있는 것이다. 모두가 나름대로의 메시지를 가지고서…. 다시 대화로 돌아가보자.

사브리나와 심리치료 전문의는 여러 번 상담을 한 끝에, 사브리나의 마음속에 깃든 목소리를 끄집어낼 수 있는 수준까지 발전했다. 그 중에도 특히 큰 목소리로 전달내용을 심어놓은 사람들을 가려낼 수 있었다.

심리치료 전문의 : 부인, 처음 상담하러 오셨을 때 남편을 쫌생원이라고 하셨죠?

사브리나 : [짐짓 생각났다는 듯이] 그랬던 것 같네요.

심리치료 전문의 : 왜 남편을 쫌생원이라고 생각하십니까?

사브리나 : 누가 우리 식구를 먹여 살리는데요. 저에요. 그 사람은 로또에 당첨된 거나 마찬가지에요. 저라고 다른 여자들처럼 남편에 의지해 살고 싶지 않겠어요? 저도 기댈 수 있는 튼튼한 어깨가 있었으면 해요. 오후만 되면 벌써 집에 돌아와서 소파에 척 드러눕는 그 꼴하며… 하는 게 뭐 있다구! 정말 맘에 안 들어 죽겠어요!

심리치료 전문의 : 부인, 우리는 내면에 깃든 목소리와 그 메시지가 무슨 의미를 가지는지에 대해 한번 얘기한 적이 있습니다.

사브리나 : 예, 삶에서 중요한 사람의 목소리가 내면에 새겨진 것이라고 하셨죠.

심리치료 전문의 : 맞습니다. 그리고 그 목소리는 또 다른 중요한 사람에게로 옮겨갑니다.

사브리나 : 그런가요?

심리치료 전문의 : 누가 당신에게 어떤 메시지를 지시하고 있는지 찾아낼 수 있겠습니까?

사브리나 : [마지못해] 모르겠어요.

심리치료 전문의 : 저는 최소한 세 개의 메시지를 찾아낼 수 있겠는

데요.

사브리나 : 그게 뭔데요?

심리치료 전문의 : 글쎄요, 무슨 내용일까요?

사브리나 : [화를 벌컥 내며] 지금 장난하세요? 도대체 무슨 말씀을
하시는지 하나도 모르겠어요!

이번 상담은 힘겨웠다. 사브리나도 조금만 진정하고 생각해보면
그 자리에서 세 개의 메시지를 찾아낼 수 있었을 것이다. 하지만 아직
거부감이 너무 컸다. 메시지들은 그녀에게 소위 '삶의 철학' 내지는
'지혜'로 여겨지던 것들이었다. 대화 중에 박사가 발견한 내용들은
다음과 같다.

1. 남자가 가족의 부양을 담당하는 사람이다.
2. 성공은 많이, 오래 일을 한다는 것을 말한다.
3. 강하다는 의미는 극도의 압박을 견디는 것을 말한다. 그러면서
   도 늘 웃음을 잃지 않아야 한다.

사브리나가 불면증에 시달릴 정도로 힘겨웠던 것은 이런 메시지들
이 자신을 억누르고 있었기 때문이다. 자기 안의 목소리가 '남자가
가족부양을 해야 한다'고 하는데, 실은 자신이 그 역할을 하고 있으
려니 갈등이 와서 남편이 미웠다. '성공은 많이 일하는 것'이라고 알

고 있기 때문에 성공을 위해서 쉬지 않고 일해야 했다. 몸이 지쳐 떨어지더라도. 또 '강한 사람은 견디는 것'이라는 목소리가 끊임없이 들려왔기 때문에 어떤 압박도 견뎌야 했다. 그러니 피폐해지지 않을 수 있을까?

그럼, 이 메시지들은 도대체 어떻게 심어지게 된 것일까? 이후 몇 차례의 상담 결과, 사브리나는 그 메시지를 전달한 목소리의 주인공들을 파악했다. 그것은 바로 그녀의 부모님이었다. 부모님은 자신들이 그렇게 살아왔으니, 딸도 그렇게 살아야 한다고 생각했다. 사브리나는 어릴 때부터 들어왔던 그런 목소리를 자신도 모르는 사이에 마음에 새겼던 것이다. 그리고 성인이 된 후 생활 속에서 튀어나왔다. 그녀는 그 목소리에 따라 모든 일을 판단했다. 그런 기준을 자기 자신에게, 그리고 직업과 사생활에서 접하는 사람들에게도 끊임없이 요구했다. 그녀 자신은 아직까지는 압박을 견딜 수 있었다. 하지만 수면장애를 겪는 이상, 오래갈 수는 없다. 그러나 남편과 동료, 아이들은 이미 오래 전부터 그 요구사항에 지쳐있었다. 그런 모습을 보고 사브리나는 '나약한 인간'이라고 경멸했지만서도!

♥ 누군가 나를 조종하고 있다!

자신의 인생에서 만난 중요한 인물들의 목소리가 내면화되어, 자신과 다른 사람에게 전이되는 현상은 인간이면 누구나 갖는 보편적인 현상이다. "사내자식이 찔찔 짜면 못 써. 씩씩해야지." 여자는 무조건 내숭을 떨어야 돼. 절대로 먼저 데이트 신청을 하면 안 돼." "직장생활 잘 하려면 자고로 윗사람한테 잘 보여야 돼." 이런 목소리는 우리 일상에서 수시로 접하는 것이다. 이런 것들이 반복되면서, 또는 아주 강렬하게 새겨지면서 우리 안에 자리 잡게 된다. 그러다 판단의 순간에 튀어나와 영향을 미친다. 목소리의 주인공들은 태어나면서부터 관계를 맺는 부모로부터 시작해, 형제자매, 친구, 애인, 선생님, 회사 사장에 이르기까지 실로 다양하다. 심리요법 전문의, 정신과 의사, 사제와 목사 등, 정신세계를 다루는 사람들은 누구나 '전이' 정신분석에서, 환자가 과거에 부모 등과 같이 주요한 타인에게 경험했던 감정, 욕망, 기대 등을 치료자에게 나타내는 것 라고 하는 정신분석학 개념에 대해 잘 알고 있다. 누구나 겪는 일이지만 중요한 것은, 이런 사실을 알고 있어야 한다는 것이다. 그렇지 않으면 뿌연 창문으로 바깥을 내다보는 것과 같다. 뿌옇다는 사실조차 모른 채 말이다. 이제 창문을 깨끗이 닦아낼 시간이 왔다. 이 시점에서 다음 질문을 가지고 생각해보자.

1. 내 인생에는 어떤 메시지가 있는가?
2. 어떤 목소리가 내게 큰 영향력을 행사하는가?
3. 그 목소리는 누구에게서 오는 것인가?

충분히 시간을 들여 자신만의 대답을 찾도록 하자. 그 대답이 인생목표를 설정하는 일에 결정적인 영향을 미친다. 하지만 지금은 사브리나에게로 돌아가자. 상담을 거치는 동안 박사는 그녀의 일상에 또 다른 목소리와 메시지들이 있다는 사실을 알아냈다.

심리치료 전문의 : 직장동료에 대해 한번 이야기해봅시다. 동료들이 당신을 미워한다는 생각이 든 이유는 뭐죠?

사브리나 : 저한테 정보를 주지 않거든요.

심리치료 전문의 : 직업상의 정보 말입니까?

사브리나 : 아니요. 개인적인 것들이요. 저는 한 번도 생일초대 같은 걸 받아본 적이 없어요. 제 여비서가 암에 걸렸다는 사실을 몇 다리 건너서 전해 들었을 정도에요. 비서가 저를 신뢰하지 않아요. 저를 좋아하지 않으니까 그런 말도 안 했던 거겠죠.

심리치료 전문의 : 무슨 말인지 이해합니다. 그럼 이제 우리가 목소리와 메시지들을 가려낼 수 있는지 한번 해볼까요?

사브리나 : 그래요, 한번 해봐요.

심리치료 전문의 : 좋습니다. 다음 문장을 이어서 완성해보십시오. "동료가 나를 미워한다. 그 이유는…"

사브리나 : "…나를 좋아하지 않기 때문이다."

심리치료 전문의 : '좋아하다' 그 말을 좀 더 '구체적으로' 나타내볼 수 있을까요? 좋아한다는 것에는 어떤 감정이 숨어 있습니까?

사브리나 : 물론, 긍정적인 감정이죠.

심리치료 전문의 : 감정에 대해 표현하기가 어렵습니까?

사브리나 : 저는 그다지 감성적인 성격은 아니에요.

심리치료 전문의 : 그렇지 않아요. 당신은 '미워한다' 라고 말했습니

다. 그것은 굉장히 강한 감정입니다.

사브리나 : 그런가요? 그렇다면 미움의 반대가 사랑이죠.

심리치료 전문의 : 사랑, 좋습니다. 자, 그러면 계속해봅시다. "사랑이란…."

사브리나 : 사랑이란, 무한한 것이에요. 사랑은 모든 것을 함께 나누고, 서로에게 조금도 비밀이 없다는 것을 뜻해요.

심리치료 전문의 : 그래요. 그리고 "나를 사랑하지 않는 사람은…."

사브리나 : 제 편이 아닌 사람, 저를 적대시하는 사람이에요.

심리치료 전문의 : 음, 이제 우리는 세 가지 전달사항을 찾아냈습니다. '1. 사랑은 무한하다. 2. 사랑이란 나만의 것을 전혀 갖지 않는 것이다. 3.내 편이 아닌 사람은 곧 적대자이다.' 그러니까 오직 친구 아니면 적이군요. 이 메시지들은 누구에게서 받은 것일까요?

사브리나 : [생각에 잠겨] … 아마도 헤니 숙모님한테서 전해 받은 것 같아요. 어쩌면 숙모님이 그러지 않았을 수도 있지만… 숙모님은 시골 출신의 늙고 단순한 할머니였어요. 우리 집에 자주 드나드셨고, 가끔 저에게 잔소리를 하셨어요. 교회청소도 돕고, 목사님 식사를 차려 드리기도 하면서 교회에서 많은 일을 하셨죠. 숙모님은 늘 화려한 색으로 그려진 자그마한 성화를 갖다주셨어요. 전 그 성화를 아주 좋아했고요.

심리치료 전문의 : 이 메시지들이 숙모님에게서 온 것이라고요?

사브리나 : 글쎄요, 저한테 항상 그런 말씀을 하셨어요. 예수께서 사람을 사랑하셔서 모든 사람들의 죄를 사하기 위해 스스로 십자가에 못 박히셨다고요. 어렸을 때 그 얘기를 들을 때마다 너무 끔찍했고, 무슨 말인지 제대로 알아들을 수도 없었어요. 하지만 그러면서도 늘 그 얘기에 푹 빠져들곤 했죠.

심리치료 전문의 : 현재 종교를 가지고 있습니까?

사브리나 : 딱히 종교가 있는 건 아니에요. 하지만 어릴 때는 예수같은 사람이 되고 싶었어요. 숙모님이 항상 "우리는 예수님처럼 사랑해야 한다"라고 말하셨고요.

심리치료 전문의 : 그리고 예수는 무한히 사랑하고, 비밀도 전혀 없으며, 오직 친구 아니면 적을 가지고 있습니까?

사브리나 : 잘 모르겠어요. 하지만 한계를 긋는 일은 사실상 아주 중요하다고 생각해요. 그리고 그 사람이 내 친구가 아니라고 해서 모두 적이어야 할 필요는 없다고 생각하지만요. 그리고 저도 가끔 소소한 비밀은 가지고 있죠. [웃으며] 저야 예수님처럼 살지는 못하죠.

심리치료 전문의 : [웃으며] 그렇습니다. 당신은 예수님이 아니니까요.

사브리나 : [곰곰히 생각하면서] 저는요, 제 자신이 늘 강해야 한다는 것이 너무나 부담스러워요. 그래서 항상 노력을 하기는 해요. 그런데 늘 실패로 끝나고 말아요. 비인간적이 되기도 하구요. 어떻게 사람이 예수처럼 사랑을 베풀 수 있겠어요?

심리치료 전문의 : 아주 좋은 얘기에요. 그러면 이제 사랑에 대해 당
　　　　　　　　신 스스로가 생각하는 메시지는 뭔지, 한번 생각
　　　　　　　　해볼 시간이 되지 않았습니까?

　이 시점에서 박사는 사브리나에게 간단하지만 효과가 큰 숙제를 내주었다. 그녀에게 '사랑'이 무엇인가를 정의하는 일이었다. "사랑이란…"이라는 말로 시작하는 문장을 일곱 개 쓰도록 주문을 했다. 미리 짐작해보자면, 그녀가 정의한 사랑은 헤니 숙모가 말한 사랑과 다를 바 없이 엄격할 것이다.

　사브리나는 마음과 정신 속에 깃든 목소리를 가려내 정리하고 검사하는 일에 여러 달이 걸렸다. 그중에 몇 개는 자신의 것으로 삼아 더 건전하고 적합한 것으로 대치했다. 그런 일은 상당히 오랜 기간이 걸리기도 한다. 하지만 좋은 소식은 그녀가 행복하게 되었다는 것이다. 그리고 또 좋은 소식은, 부정적인 메시지 중에 다행히도 치유 받을 수 없는 일은 없었다는 것이다.

　한번 새겨진 목소리가 영원히 없어지지 않는 것은 아니다. 우리는 계속 새로운 경험을 하기 때문이다. 좋은 사람들을 만나면서 그들이 계속 전해주는 행복의 메시지들을 듣고 체험하면, 달라질 수 있다. 그동안 받았던 상처는 치유되고, 사고방식이 바뀌고, 맺혔던 매듭이 풀린다. 이처럼 부정적인 메시지들로부터 행복의 메시지로 넘어가는 일, 이것을 달리 표현하면 긍정적 세뇌라 한다.

그동안 진지하게 수업에 참여해준 것에 감사한다. 3학기에 다시 만나자!

친해하는 강사님들,

예비과정이 탄력적으로 진행되고 있습니다. 학생들이 관심을 보이고 있고, 우리 주제에 대해 흥미가 많이 생긴 것 같습니다.

이번 학기에는 건강한 이기주의와 성공적인 인간관계를 중심으로 공부합니다. 학생들에게 다음의 요점을 전달해 주시기 바랍니다.

1. 이기주의의 정의
2. 이기주의의 발생
3. 이기주의의 한계
4. 건강한 이기주의와 내 인생목표 찾기

제법 어려운 학기가 될 겁니다. 많은 성과가 있기를 바랍니다!

수고하십시오
Prof. Love

F. 러브 박사 (러브 아카데미 학장)

추신 : 커피자판기를 없애고 났더니 학교에 아늑한 분위기가 사라지고 말았군요. 주간 회의에 '학업의 열의' 라는 주제를 놓고 토론하려는데 강사님들은 어떻게 생각하십니까?

너에 대해 알고 싶지만 더 이상 가까이 오지는 마

♥ '쿨하다' 는 말에는 함정이 있다

90년대 후반까지만 해도 너나 할 것 없이 얼음처럼 쿨한 모습이 되기에 급급했다. '애인이나 친구 따위는 없어도 좋아. 인간은 어차피 혼자야.' '나는 나야. 행복을 위해 나 이외의 다른 사람은 필요 없어!' 라는 쿨한 생각들이 팽배했고, 밤새 혼자 바에 앉아있는 사람이 멋있어 보이던, 그런 시절이었다. 그런데 사회적 기류가 슬슬 변해갔다. 쿨하다며 추종하던 이기주의의 물결이 슬그머니 뒤로 물러났다. 그 '쿨함' 이라는 것이 '퇴짜 맞을까 봐 불안한 마음' 과 '용기' 를 혼동한 것일 수 있다는 걸 깨닫게 된 것이다. 겉으로는 "내 곁에 접근하지 마!"라는 거부의 몸짓언어를 보내면서, 마음속으로는 "나에게 가까이 와!"라고 생각하는 그런 것!

같은 이기주의라도 '쿨한 이기주의' 와 '건강한 이기주의' 는 구별된

49

다. 쿨한 이기주의는 소위 '자아의식, 자기애, 강한 자아' 라는 그럴싸한 말로 포장하는 일밖에 할 수 없다. 반면에 건강한 이기주의는 진정으로 자신의 삶을 살아간다. 쿨한 이기주의는 인간관계를 가로막지만, 건강한 이기주의는 행복한 인간관계를 맺기 위해 반드시 필요하다. 좀 혼란스러운가? 그럼 지금부터 차근차근 살펴보자.

얼핏 보기에 전혀 상관없어 보이는 두 여성 이야기로 이번 학기를 시작한다. 사실 두 사람은 많은 공통점을 가지고 있기도 하다. 먼저 오를레앙의 처녀, 잔 다르크를 소개한다. 신의 계시를 받아 남자로 분장하고 전쟁에서 승리를 이끈 여성, 번쩍이는 갑옷을 입은 여전사의 모습이 떠오를 것이다. 어쨌거나 전설에 의하면 그렇다. 현재 600살이 된 잔 다르크를 오늘날에 만난다면 어떤 일이 벌어질까? 그녀가 대기업의 팀장자리에 취직하려고 지원한다면? 그녀의 입사지원서는 다음과 같을 것이다.

이름	잔 다르크
작위	성녀 요한나
출생년도	1412년
출생지	동레미 라 퓌셀
부모	아버지 자크 다르크, 농부 겸 시장
	어머니 이사벨 다르크, 주부
형제	남형제 3명, 여형제 1명
가족사항	독신(오를레앙의 처녀)
국적	로렌

존경하는 업무 관계자님,

저는 귀사에서 전략구축 기획팀장을 찾고 있다는 내용을 대단히 관심 있게 읽었습니다. 그 직책의 임무야말로 제가 찾고 있던 자리이자, 제 능력을 유감없이 제공할 수 있는 분야입니다. 그 자리에 제가 적합하다고 확신하는 세 가지 이유가 있습니다.

첫째, 저는 전략적 수완, 끈기, 결단력, 강한 지도력을 소유하고 있습니다.

둘째, 이 일에 삶을 바칠 마음의 자세를 갖추고 있습니다. 개인적으로 책임을 져야하는 경우도 물론입니다.

셋째, 이 업무는 저의 천부적 소명입니다. 13세 때부터 개인적으로 친분이 있는 미하엘 대천사도 그렇게 말해주었습니다.

저는 어릴 때부터 승리를 이끌어냈고, 제 능력은 17세에 이미 카를 7세로부터 인정을 받았으며, 백년 전쟁에서 영국에 대항해 조국을 구한 바 있습니다. 부르고뉴 인에게 배반을 당해 조국이 저를 영국에 넘겨주려 했을 때에도 저는 의지를 굽히지 않고 임무에 충실했습니다.

귀하의 기업에 저의 노하우를 활용할 수 있기를 진심으로 희망하는 바입니다. 급료는 월, 일만 프랑을 원합니다.

귀하와 함께 다양한 제 전략에 대해 개인적으로 이야기하고 싶습니다. 양자 간에 보다 구체적인 이해를 위해 미팅날짜를 잡아주시기 바랍니다.

감사합니다.

잔 다르크

추신: 나이가 많은 것은 전혀 문제가 되지 않는다고 생각합니다. 그보다 수백 년간 쌓은 숱한 경험을 고려해주십시오!

잔 다르크의 입사지원서는 대략 이런 형식을 갖출 것이다. 하지만 그녀가 취직될 가능성은 아무래도 희박해보인다. 성격이 매우 당차고 자아의식이 강한 데 비해, '융통성'은 지나치게 부족하기 때문이다. 이런 성격은 겨우 19세에 장작더미 위에서 화형을 당한 이유가 되기도 할 것이다. 그녀는 당시 권력자의 정치성향에 들어맞지 않았고, 자기를 굽힐 줄 모르는 불편한 존재였다. 19세기에 들어서야 비로소 잔 다르크는 성녀 요한나라는 이름을 얻고 정당성, 덕성, 용기의 상징이 되었다. 더 나아가 20세기 초에는 '구원의 성녀'라고 칭송받기에 이르렀다.

우리는 잔 다르크에게 공로훈장이라도 수여하고 싶은 심정이다. 전례가 없는 자기신뢰와 강한 의지, 대쪽같이 곧은 성품에 심심한 존경을 표한다. 그녀는 자신을 굽히지 않고 비웃음에 주눅 들지 않고, 옳다고 믿는 삶의 목표를 향해 전진했다. 두려움이라고는 없었다. 그녀는 신앙선교를 위해 끊임없이 정진했다. 지금 당신은 이렇게 생각할지도 모른다. '잔 다르크가 대체 이기주의하고 무슨 상관이 있다는 거야? 오히려 이기주의의 반대가 아니야? 나라를 위한답시고 남자로 위장하면서까지 전쟁에 나가느니 차라리 신변에 대해 조용히 생각해보는 게 나았을 텐데….' 그러나, 천만에! 이것이야말로 건강한 이기주의의 사고방식이다. 잔 다르크는 가족과 친구의 말을 듣지 않고, 자신이 설정한 삶의 목표와 소명에 따랐다. 오직 신과 자신에게 정당하면 그뿐이었다. 감옥에 갇혀 마지막 숨이 끊어질 때까지, 권력자의 원칙이 아니라 자신의 원칙을 고수했다. 이런 면에서 경탄의 대상이자

훈장감이다. 그렇지만 목적을 위해 수단을 가리지 않았다는 면에서는 아니다. 숱한 전투 중에 그녀의 칼에 쓰러진 병사가 수백 명이 넘는다. 아무리 신성한 일을 위해서라 해도, 그 일은 어쩐지 존경받기에 찜찜한 구석마저 있다.

그렇다면 왜 잔 다르크가 이번 학기에 이기주의를 배우는 데 필요한 예가 될까? 이유는 간단하다. 그녀는 수백 년에 걸쳐 강한 의지와 힘, 확신과 자기신뢰의 상징이 되었기 때문이다. 잔 다르크는 건강한 이기주의자로서 꿋꿋이 자신의 길을 걸어간 상징인물이다. 물론 이기주의 비록 건강한 이기주의라도를 위해 열혈투사가 되어 몸 바칠 것까지야 없다는 생각이 들 것이다. 우리도 동감이다. 그러나 진정으로 자신의 길을 걷는 데 있어 전혀 저항에 부딪히지 않을 수는 없다. 그녀처럼 화형대 위에서 종말을 맞이할 정도는 아니라 해도 말이다.

그러면 건강한 이기주의의 의미는 무엇일까? 건강한 이기주의와 비슷한 말은 진지함, 올곧음, 충실, 자신에 대한 믿음이다.

자, 두 번째 예로 말괄량이 삐삐 롱 스타킹으로 넘어가보자. 삐삐는 집 한 채에 조그만 원숭이 한 마리와 말을 데리고 산다. 어마어마한 용기와 더불어! 삐삐는 학교에 다니지 않는다. 산수와 맞춤법 배우기는 삐삐의 일이 아니다. 그딴 건 배워서 뭘 해? 삐삐는 선입견이 없다. 이 아이에게 사람들의 피부 색깔은 실제로 피부 색깔일 뿐이지, 사람을 차별하는 데 쓰는 어떤 특성이 아니다. '모르는 일에 섣불리 대들지 말라'라는 경고 따위는 삐삐에게는 천만의 말씀이다. 모르는 것을 보면 호기심이 부글부글 끓어오르는 성격이기 때문이다. 이런 삐삐가 주는 교훈이 있다. 사람들 모두가 오로지 하나 밖에 없는 존재이며, 억지로 다른 모습으로 바꿀 필요가 없다는 사실이다. 삐삐는 거울 앞을 한참 들여다보며 얼굴에 다닥다닥 난 주근깨를 없애려 끙끙대지 않는다. 질끈 묶은 꽁지머리도 아무 문제가 없다. 머리 색깔이 빨갛든지 까맣든지 무슨 상관이냐? 짝짝이로 신은 긴 스타킹이 흘러내려도 신경쓰지 않는다. 사람들에게 잘 보이려고 하지 않는 것이다. 굳이 그럴 필요가 없는 것이, 자기 자신을 좋아하기 때문이다. 순진무구함 그대로이며, 부끄러울 게 아무것도 없다. 삐삐는 '완전하게' 되기 위해 짝을 찾지도 않는다. 이미 스스로 완전하기 때문이다. 자기를 더욱 풍부하게 하는 사람과 더불어 지내지, 모자란 부분을 채워줄 사람을 찾지 않는다.

삐삐는 잔 다르크와 함께 다른 사람의 뜻에 의해 목표를 바꾸지 않는 인물을 상징한다. 삐삐는 자기가 원하는 일을 하지만, 그래도 다른 사람을 위한다. 이기주의의 일반적인 고정관념과 백팔십도 반대되는 행동이다. 곤경에 빠진 약한 사람들을 돕고, 그것을 우정의 발판으로 삼는다. 그리고 그것도 대수롭게 생각지 않는다. 사람들은 그게 바로 삐삐라고 생각할 뿐이다. 삐삐 자체이다. 하지만 삐삐가 가진 것은 진정한 친구들이다. 이 점이 삐삐를 특별하게 만든다.

잔 다르크와 말괄량이 삐삐. 이 두 여성이 자라 어른이 되면 어떤 모습일까? 잔 다르크가 화형당하지 않았더라면, 삐삐가 실존인물이었더라면? 두 사람은 분명히 훌륭한 인간관계를 맺을 줄 아는 사람이 되었을 것이다. 왜냐고? 그들은 이기주의의 긍정적인 몫을 성격으로 가지고 있기 때문이다. 그 긍정적인 몫이 자신의 목표를 이루게 하는 원동력이다. '건강한 이기주의'란 그런 것이다. 그들은 러브 아카데미의 예비과정을 우수한 학점으로 졸업한 후에 '우리'라는 차원으로 들어갈 만반의 자세를 갖추고 있을 것이다. 또한 자신의 짝이 된 사람과도 관계를 잘 이끌어나갈 것이다.

만일 잔 다르크와 삐삐가 파티에 간다면 한동안 바에 혼자 앉아 있어야 할 것이다. 당연하지. 남자들은 화장기 하나 없는 얼굴에 철갑을 두른 잔의 모습에 경악할 것이고, 삐삐의 헤어스타일에 눈살을 찌푸릴 테니 말이다. 그러나 두 인물은 자신을 사랑하고 있기에 별로 개의치 않을 것이다. 아마 어떤 남자가 성적으로 끌린다는 이유로 그 남자의 집으로 가거나, 무분별하게 아무나 사귀는 일은 결코 없을 것이다. 잔과 삐삐는 틀림없이 솔로로 있기보다는 더불어 같이 사는 것을 좋아하겠지만, 물불 가리지 않고 달려들지는 않을 것이다. 그리고 누군가 특별한 남자가 생긴다면 "이 사람이야!"라고 알아볼 것이다. 그는 '기사'임에 틀림없으니까.

잔과 삐삐는 자신을 실현시키면서도 타인을 짓밟지 않는 사람을 상징한다. 건강한 이기주의는 인간을 본연의 모습이 되도록 한다. 앗, 갑자기 귀가 간지럽다! 누군가 이 말을 하는 우리를 두고 철학적인 이야기를 늘어놓는다고 불평하는가보다…. 맞다. 사실 우리는 건강한 이기주의를 이해하는 열쇠를 철학에서 찾았다. 철학에서는 건강한 이기주의를 '윤리적 이기주의'라 한다.

고전철학에서는 '심리적 이기주의'와 '윤리적 이기주의'를 구분한다. 심리적 이기주의란, 어떤 사람의 행동이 자신에게 이익이 되는 동기로써 이루어지는 것이라고 정의된다. 쉽게 말해, 그런 사람은 항상 자신만의 이익을 생각하며, 그에게 있어 유일한 현실은 자기 자신이다. 다른 사람이 어떻게 보든, 뭘 원하든 상관하지 않는다. 이런 사람은 자기 관점에서 벗어나면, 그것이 잘못된 것이라고 생각할 수도 있다. 반면에 윤리적 이기주의는 우리가 러브 아카데미에서 가르치려고 하는 덕목이다. 이기주의의 '건강한' 유형은 자신에게 최선의 것을 행하려는 사람이며, 이때 다른 사람을 짓밟지 않는다. 다른 사람의 자유가 시작되는 곳에서 자신의 자유가 끝난다. 윤리적 이기주의를 실천하는 사람은 무턱대고 행동하지 않는다. 이 점이 바로 핵심이다.

건강한 이기주의는 다른 사람에게 무조건 머리를 들이박거나 남을 이용해 먹지 않는다. 그와는 반대로 다른 사람과 좋은 관계를 맺음으로써 개인의 능력을 발휘할 수 있도록 한다. 이런 맥락에서 잔과 삐삐를 다시 생각해보자. 그리고 자신에 대해 생각해보자. '나는 건강한 이기주의자인가?' '나는 정말로 항상 나에게 가장 좋은 것을 행하는가?' 만일 자신 있게 '예'라고 대답할 수 없다면, 지금이 바로 건강한 이기주의를 강화할 시점이다. '이기주의' 현상을 파악하기 위해 이제 어떻게 이기주의가 발생했는지 살펴보아야 한다. 이기주의는 우리가 생활하는 가운데 발달한 것이다. 즉, 뒤늦게라도 배울 수 있다는 의미이다!

자, 그럼 이기주의의 발생부터 시작하자.

왕자병, 공주병이 생기는 이유

사람은 태어나는 순간 모두 이기주의자이다. 발달심리학의 이론에서 보면, 갓난아기는 자기가 울어재낄 때 자기 입에 물려지는 가슴이 다른 사람의 신체라는 사실을 알지 못한다. 보살핌을 잘 받고 있는 갓난아기가 인지하는 모든 것은 이렇다.

욕구(배고픔) > 빽빽 울기 > 욕구 가라앉히기(배부르다)

말하자면 갓난아기는 배가 고프면, 울기만 해도 배고픔을 가라앉힐 수 있다고 생각한다. 아기는 자신을 전지전능하다고 여기며, 자기가 엄마와 분리된 다른 존재임을 인식하지 못한다. 아기는 '너'와 '나'를 구별하지 못한다. 그리고 세상의 모든 것이 자기를 위해 있는 것으로 여긴다. 즉, 엄마_{주로 아기를 돌보는 사람. 그러므로 아빠, 조부모, 위탁모 등도 해당될 수 있다}를 자기 몸에서 '길게 늘어난 팔'이라 여긴다. 그리고 '길게 늘어난 팔'이 울기만 하면 배고픔을 가라앉혀 준다고 생각한다.

2-3세까지 이렇게 생각하는 것은 정상이다. 그러나 30세가 되어서도 그렇다면 문제다. 이런 경우를 심리학에서 '나르시스_{자기애} 혼란'이라고 한다. 그리스 신화에 나오는 나르시스라는 아름다운 청년의 이름을 딴 것이다. 그는 자신을 너무나 사랑하다 못해 물에 비친 자기 모습에 사로잡혀 오로지 그것만 쳐다보고 있었다. 그리고 채워지지 않는 사랑 때문에 물에 뛰어들어 자살했다. 나르시시스트의 실상은, 실망과 거절에 대한 극심한 공포를 가지고 있는 사람이다. 그는 자기

옆에서 아무도 버티지 못한다는 사실을 두고, 언젠가부터 자신을 엄청 멋진 사람이라고 생각하기 시작한다. 그렇게 여기면서 그는 자기가 완벽한 문제의 해결점^{착각이지만}을 가졌다고 생각한다. 두려운 실망의 원인이 제거되었기 때문이다. 말하자면, 내게 아무도 없으니, 잃을 사람도 없는 것이다.

나르시시스트란 자아가 지나치게 큰 공간을 차지해버림으로써 그 옆에서 다른 사람이 숨 쉴 공간이 없는 사람이다. 또 거대한 과대망상을 가지고 세상이 자기를 중심으로 돌고 있다고 생각한다. 그런 생각이 초기유아단계까지는 정상이다. 그런데 어른이 됐는데도 초기유아단계를 벗어나지 못한 사람들이 있다는 것이 비극이다.

29세의 남자가 애인한테 말한다.

"자기야, 내가 요즘 새로 온 상사 때문에 골머리 썩는 거 알지? 너무 피곤해서 당장 온천물에 몸 좀 담가야겠어. 오늘 저녁 자기 생일파티도 그냥 거기서 하자. 뭐? 친구들 초대한 건 어떻게 하냐구? 다음 주로 미루지 뭐. 온천까지 따라오려면 오라고 하고."

이런 사람은 나이를 먹었어도 갓난아기와 똑같이 아무것도 모른다. 마치 엄마가 자신의 팔이 늘어난 존재라고 여기듯, 다른 사람에게도 아주 간단하게 신호를 보내버린다. "내가 지금 이걸 원해." 그러면 그 순간에 원하는 것이 주어져야 한다. 나르시시스트는 세상이 자기를 중심으로 도는 게 아니라는 사실을 깨닫지 못한다. 제대로 된 성인이 되려면, 다른 사람들이 내 욕구를 채워주기 위해 존재하는 것이 아니라는 사실부터 배워야 한다.

갓난아기에게 부족함 없이 좋은 환경이 제공되면, 폭군 같은 이기주의자 대신 건강한 이기주의자로 발전해나간다. 젖을 빨던 조그만 나르시시스트가 자신의 욕구를 건전하게 조절할 수 있는 어른으로 자라는 것이다. 그런데 이 발전단계에 방해요소가 끼어들 수 있다. 만약 아기가 사랑을 제대로 못 받거나 학대를 당할 경우 병적 집착이 생겨날 수 있다. 반대로 너무 과잉으로 제공되는 환경에서 자랄 경우도 마찬가지다. 갓난아기에게 욕구가 생길 때마다 즉각 욕구를 충족시켜 달래주었다고 가정해보자. 언뜻 생각하기에 아기에게 더없이 좋은 일일 것 같지만, 사실은 그렇지 않다. 좌절을 이기는 법을 배울 수 없기 때문이다. 살면서 좌절을 한 번도 겪지 않는 사람은 아무도 없지 않은가? 건강한 이기주의자는 좌절을 줄이거나 빨리 극복할 줄 아는 사람들이다.

성장과정이 잘 이루어지면 '나'와 '너'는 분리가 된다. 그러면 나는 다른 사람을 독자적인 개인으로서 인지하는 능력을 갖춘다. 더불어 연민의 감정이 생기고, 사랑과 공감능력을 키운다. 한편 어릴 때부터 필요한 순간 사랑을 제공받지 못해서 너무 많이 좌절했거나, 혹은 과잉 보살핌을 받아서 거의 한 번도 좌절을 겪어본 적이 없거나, 학대를 당한 경우, 이 분리과정은 불완전하게 끝나고만다. 사람들은 일반적으로 완전히 분리되지 않은 어중간한 지점에 있다. 그러면 내가 어느 지점에 있을까?

심리학자들은 정신적 질병이 빠짐없이 기술된 참고서적을 가지고 있다. 거기에서 '나르시스 인성장애'를 찾아보자. 그 정의는 과대망상증의 복잡한 유형으로서, 동정심이 결핍된 증세라고 나와 있다. 다음 중에 몇 가지 항목에 자신이 해당되는지 손가락을 꼽아보라.

1. 자신의 중요성을 과대평가한다.
2. 무한한 성공, 무한한 권력, 화려함, 아름다움, 이상적 사랑에 대한 환상에 자주 빠진다.
3. 자신이 '특별하다'고 확신한다. 그래서 오직 높은 지위나 최고 학력을 소유한 '특별한' 다른 사람들, 특정 그룹의 구성원들만이 자기를 이해한다고 여긴다. 그리고 자신이 그런 사람들과 관계를 맺어야 한다고 믿는다.
4. 대단한 칭송을 받고 싶어 한다.
5. '내가 원하는 것은 무엇이든 할 권리가 있다'는 기분이 든다.
6. 자신의 목표를 이루기 위해 다른 사람을 이용한다.
7. 동정심이 없다.
8. 질투심이 있거나, 다른 사람이 자기를 질투하고 있다는 기분이 든다.
9. 오만과 교만의 감정, 사람을 감독하거나 경멸하는 태도를 가진다.

한두 개쯤 '내 성격'이라는 생각이 드는가? 지극히 정상이다. 그러나 당신이 다섯 개가 넘는 항목에서 "맞아, 맞아, 딱 내 성격이야!"라고 대답했다면, 당장 인터넷에 접속해 훌륭한 심리치료 전문의를 찾아보는 게 좋겠다. 사실 그렇게 호들갑 떨 정도는 아니다. 문제는 살아가는 동안에 얼마나 자주 이런 증상이 나타나느냐, 얼마나 오랫동안 사로잡혀 있느냐 하는 것이다. 잘못하면 나르시시즘에 깊이 빠질 수도 있다.

그렇다면 전혀 나르시시즘이 없는 경우, 다시 말해 완벽한 이타주의자들이 있을까? 그것 역시 비인간적이다. 희생적인 무조건적 사랑을 베풀어야 하고, 절대적으로 타인을 위해 살아야 한다고 주장하는 이들을 위해 해줄 말이 있다. 우리의 관점에 의하면, 그것은 아름다운 이상이기는 하지만 실은 허상에 가깝다. 이타주의자들도 다른 사람을 보살핌으로써 내면의 평화와 만족을 얻는다. 결국 베푸는 행위는, 받기 위한 행위일 수밖에 없다. 자신의 욕구를 누르고 오직 다른 사람을 위해 사는 일은 절대 불가능하다. 본인이 그런 희생적인 사람이라고 말을 하는 사람조차도 그렇게 살지 않는다.

완전히 정반대되는 삶의 태도도 바람직하지 못하다. 절대적인 나르시시스트는 극단적으로 어려운 사람이기 때문이다. 그들은 영원히 과대망상 속에서 살면서 자신의 업적을 내세우는 동시에 다른 사람을 깎아내린다. "네가 날 어떻게 이해하겠어? 그래 봤자 뻔하지. 너 까짓 게 뭘 하겠어…." 그러면서 자기가 한 일은 한없이 위대하다. 그들이 맺고 있는 인간관계특히 유명한 사람들, 그들이 이룬 업적"나는 시험공부 같은 건 해 본 적이 없는데 1등이야.", 그들 신체의 부분"나는 뭘 입어도 폼이나."등에서 말이다. 그리고 다른 사람과 얘기를 하면서 자신을 낮출 때는 그 행동을 자비로운 행위라고 여긴다. 사랑을 할 때는 자기들 사랑이 가장 위대하다. "우리는 단 한 번도 싸운 적이라곤 없어, 우리의 사랑은 완벽해! 나는 10년 동안이나 아침에 눈을 뜨는 순간 너무나 사랑스런 사람을 바라보지. 그때마다 벅차오르는 행복에 할 말을 잃어." 이 말에 토할 것 같은 기분이 든다면 지긋이 눌러두자.

나르시시즘의 심각한 문제는, 사랑받고 싶다는 동경에 차있는 동시에 사랑을 거부한다는 데에 있다. 상처를 받을까 봐 두렵기 때문이다. 이런 태도는 자신과 다른 사람에게 고통만 준다. 우리는 건강한 중심을 찾는 데 목표를 둔다. 건강한 중심을 찾자면 나르시스를 잘 다스려야 한다. 그러기 위해 우선 나의 나르시스적인 면을 알아내는 작업이 반드시 필요하다. 나에 대한 자각이 변화를 위한 전제조건이니까.

나르시시스트들의 비극은 자신이 쿨하게 산다고 여기지만 사실은 그렇지 않다는 데 있다. 또 하나의 비극은, 사람이 가까이 있기를 원하면서도 동시에 두려워한다는 데 있다. 그들은 만족한 척 행동하지만 늘 부족함을 느끼며, 오만한 것처럼 보이지만 사소한 일에도 예민하게 반응한다. 상처받지 않기 위해 담을 쌓는 사람은 그 안에 갇혀 발전할 수 없다. 자, 그럼 심각한 악순환의 예를 보자.

노르마 데스몬드는 나르시시즘 망상의 대표자다. 그녀는 1950년의 빌리 와일더 감독의 할리우드 영화 《선셋 대로 Sunset Boulevard》의 여주인공이었다. 이후에 뮤지컬로 공연되기도 한 유명한 이 영화의 내용은 다음과 같다. 한때 미국 무성영화의 스타였던 노르마는 유성영화가 도입되자, 배우로서의 의미를 상실하고 은막 뒤로 사라져갔다. 그녀의 시대가 지나간 것이다. 지나치게 작은 목소리에 지나치게 과장된 몸짓, 낡고 쓸모없어진 그녀는 거듭 해고를 당하고 뒤로 밀려났다. 얼마나 절망스러운 일인가! 이런 상황에서 나르시스 인성이 최고치에 달하는 것은 일반적인 현상이다. "나는 아직도 위대해. 쓸모없어진 건 내가 아니고 영화야!" 그녀의 과거가 어땠냐고 감히 물어본 저널리스트에게 은막의 대스타는 이렇게 소리를 빽 질렀다. "내가 문제가 아니라, 내 주변의 세상이 문제야." 이 말보다 나르시시스트의 심중을 더 꼭 집어 표현하는 말은 없다.

나르시시스트들은 마음속에 자기혐오와 불신이 가득 차 넘치기 일보직전인 상태에 있다. 그것이 흘러내리는 데는_{나르시시스트들의 심리적 붕괴} 물 한 방울 톡 떨어뜨리는 것으로 족하다. 여기서 물 한 방울에 해당하는 것은, 그들이 꾹꾹 눌러둔 마음속의 목소리다. 그 목소리는 이렇게 말한다. "너는 보잘 것 없어, 가치도 없고, 중요하지도 않아. 결국 아무것도 아니라고. 그러니 네가 이 세상에서 없어져봤자 아무도 상관하지 않아." 이 같은 내면의 목소리는 실로 끔찍하다. 그러니 누가 가벼운 질문을 던지거나 다른 의견을 내놓기만 해도, 나르시시스트들의 마음은 산산조각으로 부서지고 만다.

내가 병든 이기주의 쪽에 가깝다고 느낀다면 가득 찬 물을 조심스럽게 비워내기 시작해야 한다. 자기불신은 하나씩, 하나씩 버려야 한다. 어떻게 할 수 있냐고? 그 실천을 위한 손쉬운 연습이 여기 있다.

당신의 내면이 연극무대라고 상상해보라. 무대의 한쪽에는 자의식이 강한 잔 다르크가 찬란한 갑옷을 입고 서 있고, 그 옆에 활짝 웃으며 마음을 열고 있는 말괄량이 삐삐가 있다. 다른 쪽에는 부정적인 전달내용을 외치는 사람들 무리가 "넌 바보야!", "넌 못생겼어!" 따위의 말을 외치고 있다. 이 말은 사람에 따라 전달내용이 달라진다. 하지만 어쨌든 이 목소리들은 우리를 왜소하게 만든다. 무대를 마음속에 세세히 그려보자. 그런 다음, 잔 다르크와 삐삐가 당신에게 외치는 소리에 귀를 기울이라. 무대 위에 긍정적인 특성을 가진 다른 사람을 세워놓아도 좋다. 개인적으로 친분이 있는 사람도 물론이다. 이제 잔과 삐삐가 당신에게 어떤 말을 하는지 보면, 뜻밖에 놀랄 것이다. 이런 일을 아직 시도해 본적이 없다면, 지금 그들이 하는 말을 들어보라! 긍정적인 목소리 이 목소리도 항상 존재하고 있었다. 그렇지 않았다면 당신은 지금까지 살아남아 있었을 리가 없다!를 인식하고, 그들을 무대중앙에 나오게 하라. 모든 조명을 환하게 비추어 믿음을 실어라. 이것이 바로 건강한 이기주의자가 되는 열쇠다!

긍정적인 목소리를 강하게 만드는 데 다음의 말이 큰 도움이 될 것이다. 이 말들은 모두 당신에게 해당되는 말이다. 사실이 아니라면, 우리 손가락에 장을 지져도 좋다!

- 나는 사랑받고 있다. 내가 이룬 모든 업적과는 상관없이, 또한 내 실수에도 불구하고!

- 내가 없어도 지구는 멸망하지 않는다!
- 내가 없으면 세상은 아쉬운 것이 많을 것이다!
- 나는 세상의 중심이 아니다. 그래도 좋다!
- 지금 당장, 용기를 갖겠다고 결심한다!
- 나도 해결하지 못하는 일이 있다. 그런들 어쩌랴!
- 내가 진심으로 원하고 그래야 한다면 내 자신을 변화시킬 수 있다. 그때까지는 내가 살아온 방식으로 살겠다!
- 타인의 기대를 충족시키는 것은 나의 사명이 아니다!
- 너 또한 네 자신의 모습으로 존재할 권리가 있다!
- 나도 너와 똑같은 권리가 있다.

어쩌면 이 말들이 당신에게 절절한 도움이 될 수도 있고, 혹은 더 좋은 말을 찾을 수도 있다. 명심하자! 아주 중요하다! 마음속의 무대를 상상하고, 잔과 삐삐의 말에 귀를 기울이자. 그 일이 큰 도움이 된다는 것을 확실히 알게 될 것이다. 그러면 두 사람이 노르마에게는 무슨 말을 할까? 우리가 한편의 시나리오를 짜보았다.

노르마 데스몬드는 스웨덴 남부의 영화박물관에서 사인회를 연다. 삐삐는 무성영화를 참 좋아한다. 단짝인 토미와 아니카랑 마음대로 말을 갖다 붙이며 역할놀이를 할 수 있으니까. 그런 삐삐가 사인회에서 노르마를 만났다. 삐삐가 말한다.

"아줌마, 안녕! 아줌마는 너무 재밌어요. 전 아줌마가 나오는 영화가 좋아요! 우리 마을 푸르쎌리제 아줌마랑 같이 있었던 저를 기억하시죠?"

그러자 노르마는 이렇게 대답한다.

"우리가 서로 아는 사이였나요? 내가 당신한테 말을 놓자고 한 적이 없는 것 같은데요. 탁자에서 좀 떨어져줄래요? 너무 가까이 다가오지 말아요. 경비원! 요새 영화박물관이 어떻게 관리되고 있는 거야? 짝짝이 스타킹 하고는…"

"나는 내 스타킹이 예쁘기만 한걸요. 그런데 아줌마의 눈두덩은 왜 그렇게 시퍼렇죠? 무시무시한 바다괴물하고 싸움이라도 했어요? 난 아줌마를 정말로 아주 좋아해요. 하지만 아줌마는 살면서 엄청나게 골치 아픈 덧셈문제를 많이 풀어야 했나 봐요. 그렇게 잔뜩 골이 나 있는 표정을 보니까요."

"그러니까, 지금 내 사인을 받으려는 거예요, 아니에요? 나는 하루 종일 바쁜 몸이에요. 게다가 내 사인을 원하는 사람은 당신뿐만이 아니라고요!"

"여기에 아줌마하고 나 말고는 아무도 없잖아요. 사인은 받고 싶지 않아요. 나는 그저 아줌마를 직접 보고 싶었을 뿐이었어요. 그리고 내가 아줌마와 아줌마가 나오는 영화를 좋아한다고 말하려고 했고요. 아줌마를 보는 건 아마존 강의 악어나 북극곰하고 탱고를 추는 것처럼 신나는 일이거든요."

"경――비―――원―――――!"

"아줌마, 난 이제 가봐야 해요. 목소리를 들을 수 없는 무성영화에서 아줌마를 보는 게 더 나은 것 같아요. 영화 속에서는 지금처럼 불친절하지 않거든요. 그래도 아줌마는 좋은 사람일 거예요. 내 쿤터분트 별장에 한번 들러주세요. 오시면 야자수 케이크, 선인장 팬케이크, 엿기름 커피를 만들어드릴게요. 그런데, 아줌마는 왜 자신을 좋아하지 않는지 말씀해보세요. 우리 동네에 오시면 푸르쎌리제 아줌마를 만나게 될 거에요. 그 아줌마도 예전에는 아줌마처럼 성질이 급하고 화를 잘 냈죠. 하지만 지금은 내 친구가 되었고, 떡칠한 화장으로 얼굴을 가리고 다니지도 않아요. 자기 자신을 좋아하고, 삶에서 가장 좋은 일을 하는 법을 배웠거든요. 아줌마가 다시 할리우드에 가면 동료들한테 친절하게 대하세요. 그러면 동료들도 전보다 더 많이 아줌마를 좋아하게 될 거에요. 아줌마, 안녕!! 닐손 아저씨, 이리와.”

삐삐는 자기를 불친절하게 대한 노르마 아줌마를 나쁘게 생각하지 않는다. 비록 삐삐는 나르시시즘이라는 말의 뜻과 철자도 모르지만, 방어적이고 공격적인 태도의 원인만은 잘 안다. 그런 태도는 얇은 보호막으로 간신히 가려둔, 왜곡되고 씁쓸한 마음을 들킬까 두려워하는 데서 온다는 것을…
이제 장면을 바꿔보자. 할리우드의 커다란 영화스튜디오 건물 안이다. 이곳에서 노르마는 영화를 찍고 있다. 그녀는 제2급 드라마에서 객원배우의 역할을 받았고, 잔 다르크가 옆에 앉아있다. 잔은 자신의 삶을 다룬 영화에 주인공으로 부활했다. 지금 두 사람은 구내식당의 커피자판기 앞에서 만났다.

"안녕하세요, 데스몬드 부인, 나는 잔입니다. 무성영화에 나온 당신을 알고 있다는 점을 짧게 말씀드리고 싶군요. 항상 당신을 경탄해 왔습니다!"

"아가씨, 고마워요. 친절하군요. 그럼 안녕."

"잠깐 기다리세요."

"잠깐 기다리라고? 설마 내가 잘못 들은 건 아니겠지? 나는 시간도 없을뿐더러 엑스트라하고 얘기하고 싶은 생각도 없어. 게다가 이 괴상한 갑옷은 또 무슨 꼴이람? 체구가 작은 남자 엑스트라를 구할 수 없었던 모양이지?"

"당신은 사랑받고 있어요!"

"뭐라고?"

"당신은 혼자가 아닙니다. 당신을 걱정하는 사람들이 있어요. 당신을 미워하는 사람은 단 한 사람 밖에 없습니다."

"단 한 사람만 나를 미워한다고? 와락 웃음을 터뜨리며 수백 명이 미워하겠지!"

"아니오, 오직 한 사람입니다. 바로 당신 자신이죠."

"그런 얘기는 집어치워. 잡지 구독하라고 꼬드기는 거야, 뭐야? 하기야 당신이 뭐하는 사람인지 알 필요도 없지. 관심 없어!"

"우리 모두는 삶의 벼랑 끝에 서 있습니다. 그것을 받아들여야 합니다. 그리고 각자가 삶에서 최선을 끌어내야죠. 당신은 최선이 무엇인지 아십니까? 자신의 주변에 있는 사람들을 다치지 않게 하면서 자신의 행복을 찾는 것이 최선입니다. 당신이 우울하고 슬픈 것을 남의 탓으로 돌리지 마십시오. 이런저런 한탄을 해봤자 아무것도 바꿀 수 없다는 사실을 알아차렸다면요.”

“나를 슬프게 하는 게 뭔지 알아? 바로 당신 같은 엑스트라한테 구질구질한 소리나 들어야 한다는 사실이야. 당신같이 하찮은 사람은 옛날 같으면 내 근처에 얼씬도 못했어. 암, 그랬지. 그리고 지금 이런 커피자판기 앞에 서서 직접 종이컵 따위나 집어올려야 한다는 것도 나를 슬프게 하는 거야. 예전에는 내 이름이 새겨진 도자기찻잔을 은쟁반에 받쳐서 커피를 대령했어. 현재의 이 모든 게 나를 슬프게 한다고.”

“나나 커피자판기가 당신을 슬프게 하는 것이 아닙니다. 당신은 더 이상 스타가 아니라는 사실을 절대로 받아들이려 하지 않아요. 나도 내 기억 속에 살고 있긴 합니다. 그러나 나는 내 자신과 내가 행한 일을 자랑스럽게 생각합니다. 그런데 당신은 어떻습니까? 당신은 살아오면서 대단한 사람들을 많이 알고 지냈습니다. 많은 사랑을 받았고, 지금도 따르는 팬이 많아요. 그러나 당신은 자신을 사랑하지 않습니다. 그렇기 때문에 당신을 스타가 아닌 한 개인으로 대하고 말을 건네는 사람을 만나면, 오만하고 무례하게 대합니다. 그리고는 신께서만 계실 수 있는 높은 영역으로 자신을 한껏 높이 들어올리고 있죠. 그러지 마세요. 조금만 더 자신을 사랑하고, 거만한 태도를 버리고 현실로 돌아오십시오. 그러면 사랑받게 됩니다. 나는 이제 그만 스튜디오로 돌아가야 합니다. 내가 주인공을 맡고 있기 때문이죠. 신의 은총이 내리시기를, 특히 당신에게 은총이.”

"이 커피, 왜 이렇게 구정물같이 써!"

때로는 진실을 듣는다는 일이 고통스러운 법이다.

이번 학기는 제법 복잡한 학기였다. 건강한 이기주의자의 모델이 되어 준 잔 다르크와 말괄량이 삐삐에게 감사를 드린다. 또한 조연으로 출연해 준 노르마 데스몬드에게도 감사드린다(노르마, 앞으로 잘 될 겁니다!).

수업에 열중해준 데에 감사드리며, 4학기에서 다시 만나길!

제 4 학기

친애하는 강사님들,

예비과정의 마지막 학기가 시작되었습니다. 학생들의 동기
유발이 지속적으로 일어나고 있으니, 학장의 격려를 전해주
시기 바랍니다.

강사님들과 학생들의 마음이 느슨해지기 전에 제4학기에 다
룰 주요내용을 제시합니다.

> 1. 건강한 개인과 삶의 목표
> 2. 현실적 인생목표 설정
> 3. 인생목표 설계도 완성

현재를 훌륭하게 사는 법, 미래를 설계하는 법을 잘 가르치
십시오. 학생들이 예비과정의 목표에 성공적으로 도달하도
록 힘껏 이끌어주시기 바랍니다.

수고하십시오
Prof. Love

F. 러브 박사 (러브 아카데미 학장)

추신 : 예비과정 졸업파티에 호화로운 뷔페는 없다는 것, 무슨 일이 있어도 예산을
초과할 수 없다는 점을 숙지시켜주십시오.

이상형은 현실에서 만들어가는 것
너를 위해서 내 자신을 포기하지 않겠다

♥ 진짜 내 꿈은 뭘까?

　사람들은 겉모습만 다른 게 아니라 생각하는 것도 다 다르다. 마찬
가지로 꿈과 목표도 제각각이다. 우리가 상담한 현장에서 인터뷰한
내용 중에 여러 가지 꿈을 골라보았다. 사람에 따라 꿈과 소망들이 어
떤 형태로 나타나는지 보여주고 싶어서다. 이 많은 꿈들은 우리 상상
력의 범위가 얼마나 크고 다양한지 잘 보여준다. 이 중에 어떤 꿈은
하찮게 보이기도 하고, 어떤 꿈은 비현실적으로 보이기도 할 것이다.
그게 정상이다. 그러나 이것을 계기로 당신도 자신의 꿈에 대해 한번
생각해보길 바란다. 마음속에 두근거림도 다시 일어나기를!

　　나는 어떤 일은 삶 속에 받아들이고, 받아들일 수 없던
　　것을 '바꿀 수 있는' 용기가 생기기를 바란다. 지금껏 나를

가로막아 온 것은 머릿속에 꽉 들어박혀 있는, 사회의 강요들이었다. 자유를 얻을 수 있는 돈이 있었으면 좋겠고, 내키는 일만 할 수 있으면 좋겠다. 의미 없는 일로 시간을 낭비하고 싶지 않다. 무엇보다도 영원히 유지될 사랑과 항상 친구로 있어줄 사람을 원한다. 그리고 내 삶도 영화에서만 보았던 해피엔드가 되면 좋겠다.

하이케 알렌되르퍼, 기획팀장, 32세

하늘을 쳐다보며 창공을 날아가는 비행기에 마음을 **빼앗길** 때가 있는가? 멀리 조그만 점이 되어 사라질 때까지 비행기를 바라보다보면, 귓속에 엔진소리가 잔잔히 울리는 듯 하다. 이때의 비행기는 단순한 운송수단이 아니다. 동경과 모험심, 먼 곳에 대한 그리움을 뭉클 솟아나게 하는 무엇이다. 단 몇 초만이라도 현실로부터 '달아나고' 싶은 욕망을 해소시켜주는 무엇! '아, 떠나고 싶다…' 라는 꿈을 꾸고 있다가 갑자기 울리는 핸드폰소리에 정신이 번쩍 든다. 왜 현실에서 '달아난다'고 말할까? 이런 백일몽 또한 일상의 핸드폰 소리와 똑같은 현실이 아닐까? 꿈과 동경도 전기세와 교통체증, 구내식당의 맛없는 식단과 마찬가지로 삶에서 동등하게 자리를 차지할 권리가 있는 것이 아닐까?

내가 상상 속에서 삶을 '건설' 할 때면 아주 따뜻하고 푸근한 느낌이 든다. 나를 필요로 하는 사람들이 있어 마음에 온기가 돈다. 반려자가 나를 필요로 하고, 아이들도 내가 곁에 있기를 원한다. 그들을 위해 내가 존재한다. 나는 인생에 조화, 평온, 신바람, 유머, 활력이 있기를 바란다. 나는 밖으로 나가서 활동하는 것이 좋다. 그래서 직업을 가질 것이다. 하지만 사람들이 가지는 기대감으로부터는 자유롭고 싶다. 직업생활에서 자유롭고, 사랑하는 사람들과 진정한 마음을 나누는 것이 내 꿈이다.

율리아 클너, 연방의회의원, 32세

삶의 소망과 목표를 정하기 위해 현실에서 멀리 떠날 필요는 없다. 상상은 부엌에서든, 사무실에서든, 화장실에 앉아서든, 어디서든 할 수 있으니까. 누군가 일상 중에 미래에 대한 꿈을 꾸겠다며 작전타임을 외친다고 해도 그를 비난해서는 안 된다. 꿈과 소망은 어떤 업무보다도 중요하기 때문이다. 비전과 꿈은 우리를 발전하도록 만든다. 장애물을 만나 넘어졌을 때도 금세 다시 일어서게 만든다. 어서 털고 일어나 달려가야 할 곳이 있기 때문이다.

이번 학기에서는 인생의 목표에 대해서 배울 것이다. 인생목표는 타인을 위해서가 아니라 오직 나 자신을 위해 실현하려는 꿈이다. 구체적인 목표는 꿈이 낳은 결과물이며, 꿈은 삶을 유지하는 원동력이다. 우리는 성취감과 도전 정신으로 살아간다. 이들이 우리를 앞으로 나아가게 한다. 일상에서 경험하는 크고 작은 성공들을 통해 자존심은 커지고, 낙관적인 시각과 힘을 얻는다. 목표에 도전하고자 하는 욕구는 노력을 낳고, 그것이 삶에 에너지를 불어넣는다.

인생목표는 타인과의 관계를 위해서도 중요한 요소이다. '조화로운 관계'와 '이상적인 애인'을 찾고 싶은 사람은 우선 자신의 꿈과 동경을 들여다보고, 그 실현을 위해 만반의 준비를 갖추어야 한다. 안 그랬다가는 나중에 애인이 피곤해진다. 자신이 성취하지 못한그러나 스스로 성취할 수 있는! 꿈에 대한 책임을 상대방에게 떠맡기기 때문이다. 성공에 관한한 인간과 동물은 다를 바가 없다. 새끼고양이가 사냥한 쥐를 발로 누르고 얼마나 의기양양해 하는지 본 적이 있는가? 인간으로 치자면 노벨상 후보로 오르거나 100평짜리 아파트를 가진 정도의 환희다. 꿈은 천차만별이며달라서 천만다행이다!, 그 사람의 출신, 진로, 교양, 교육 등의 요소에 따라 다르게 형성된다.

나는 관절염으로 고생하는 애완동물을 위한 온천시설을
갖고 싶다. 동물 물리치료와 비슷한 것 말이다. 또, 친구와
가족을 사파리에 초대할 만큼 충분한 돈도 있었으면 좋겠다.

캐롤 히트, 철학자, 36세, 뉴욕

인생목표는 삶의 수프에 들어가는 소금이요, 영혼을 위한 감로주이자 삶의 모터를 돌리는 연료다. 당신이 노벨상 후보자를 꿈꾸든, 100평짜리 아파트를 가지고 싶든지 간에 인생목표를 정할 때는 절대로 목표수준을 낮추어서는 안 된다. 이 점을 반드시 유의하자. 그렇지 않으면 절망을 겪을 때 균형 감각을 잃게 된다. 그렇다고 과도한 인생

목표도 세우지 말라. 중요한 것은, 당신이 목표설정에 착수했다는 사실이다. 하지만 가야할 길은 아직도 멀다. 이번 학기에도 인생목표 계획표가 도움이 될 것이다.

인생목표를 설계할 때 몇 가지 기준이 있어야 한다. 우선 당신이 해야 할 일은, 다른 사람이 부과한 목표를 제거하는 일이다. 그 다음으로 중요한 것은 자신을 진지하게 평가하는 일이다. 분명한 인생목표를 설정하기 위해서는 '건강한 개인'이 되어야 한다. 전문가들은 이때 말하는 '건강하다'는 의미를 '전체, 전부, 완전히 둥근, 백퍼센트'라는 의미라고 한다. 그러니 사람들은 모두 그 이하 선상에서 움직이고 있을 수밖에 없다. 하지만 이 말이 모두들 병이 들었다는 뜻이 아니다. 발전욕구를 가지고 있다는 뜻이다. 완전한 사람, 백퍼센트 건강한 개인이란 아마도 존재하지 않을 것이다. 어쨌든 아직까지 만나보지 못했다. 그럼에도 불구하고 '건강한 개인'은 나를 위한 최상의 목표로 있어야 한다. 이 둘은 서로 영향을 미치는 관계에 있기 때문이다. 그러면 이번 학기에서 내가 건강한 개인을 목표로 두었는지, 그 목표에 어떻게 다가갈 수 있는지, 무엇을 이해하고 배울 수 있는지에 대해 안내하겠다. 그 전에 살펴봐야 하는 것이 좀 많다.

나는 부정적인 것 속에 존재하는 선함을 보고 싶다. 나를 왜곡시키는 것이 아니라, 다른 사람과 가까워지게 만드는 비판 듣기, 주고받기, 매 순간 속에 살기, 내 존재를 인식하기, 물론 때로는 내 자신에 대해 웃을 수 있기를 원한다. 내

가 정말로 필요한 것이 무엇인가를 알고 싶다. 그리고 가족
과 친구를 위해 곁에 같이 있고 싶다.

크리스티안 마이어, 천문학자, 34세

어디까지가 '정상'이고 어디까지가 '비정상'일까?

독일인 가운데 이백만 명이 넘는 숫자가 강박증에 시달린다는 통
계가 있다. 강박증에는 결벽증, 수집강박증, 정돈강박증, 강박적 불안
증, 반복적 강박행동 등이 있다. 예를 들어 반복적 강박행동은 집을
나서기 전에 불이 꺼졌는지 확인하느라 스위치를 50번이나 켰다 껐
다 하는 종류다. 이런 증세의 요인이 되는 '강박인자'는 전혀 알려지
지 않은 경우가 많다. 강박증은 대부분 괴상한 버릇 정도로 생각하고
웃어넘긴다. 그러나 강박증을 가진 당사자는 그 문제를 떨쳐내려 애
쓰면서, 남들이 자기를 돌았다고 할까 봐 고립생활을 자청한다. '비
정상'으로 취급받게 되는 것이 수치스러워 병을 숨기는 것이다.

결벽증이나 강박적 인성을 갖지 않았더라도, 모든 사람은 남들로
부터 제외당하거나 거절당할까 봐 두려워 입을 굳게 다무는 것들이
뭐든 하나씩 있다. 만일 그런 부분을 전혀 가지고 있지 않다면 오히
려 더 놀라운 일이다. 내가 뭔가 '정상이 아니기' 때문에 두려운 것이
다. 그런데 가만히 들여다보면, 사회가 용납하는 '정상'이라는 개념
도 무척 혼란스러워 보인다. 내밀한 부분, 특히 육체의 기능이나 성
적인 부분에서는 '정상'을 벗어났다는 이유로 '더럽다'고 여겨지는
경우가 많다. 예를 들어 티베트에서는 공공화장실이 거의 없다. 티베

트인에게는 길거리에 쪼그리고 앉아 북적거리는 인파 속에서 볼일을 보는 것이 '정상'이기 때문이다. 그러나 다른 문화권에서 그것은 '더러운' 행동이다. 지금 한번 생각해보라. 입술이 신체의 어느 부분에 닿는 것이 '정상'으로 간주되며, 신체의 어느 부분에 닿으면 '더러운' 짓이 되는가. 용기가 있으면 애인이나 친구와 함께 의견을 나누어보라. 그러면 '정상'이라는 개념을 정의하는 일이 얼마나 어려운가 알 수 있다.

어쨌든 개인적으로 '정상'이라고 생각하는 범위를 벗어난 일을 받아들이기는 참으로 어렵다. 그래서 우리는 '나'를 있는 그대로 받아들이기 위해 무엇이 필요한가를 보여주려 한다. 나 자신이 되는 길은 꽤나 멀지만, 상관없다. 언제나 갈 수 있고, 어느 때이고 접어들 수 있는 길이니까. 그러기 위해 우선 건강한 개인이 되는 목표를 샅샅이 분석하는 일이 중요하다. 이때 건강한 개인은 '정상적' 개인과는 달리, 사회가 기대하는 것과 항상 일치하지는 않는다. 아이러니하지만, 건강한 개인이 오히려 가장 '비정상적'일 수도 있다.

사실은 지금부터의 얘기가 진짜다. 내가 어떤 관계를 맺든 행복하게 살고 싶다면, 유감스럽게도 '내 자신이 되는 길'을 지나칠 수는 없다. 타인과 관계를 맺기 전에 우선 나를 알아야 하고, 나를 받아들여야 하고, 내 가치평가를 해야 한다. 여기에는 내 안에 존재하는 소위 '비정상적' 부분도 볼 줄 알고, 받아들이는 일도 포함된다. 되었으면 하고 바라는 바가 아니라 그대로의 나 자신을 받아들이면, 건강한 개인이라는 목표에도 다가갈 수 있다. 하지만 결벽증이 '내 성격'이라고 해서 완벽한 결벽증을 목표로 둘 수야 없지 않은가? 내 행동 전부를 무조건 받아들이라는 얘기가 아니다. '내 것으로 받아들여야 하는 일'과 '제거하기 위해 노력해야 하는 일'에는 분명한 경계가 있다. 이 모든 일에 결정적인 물음은 항상 이것이다. '무엇이 내면에 평온과 만족과 행복을 가져다주는가?'

이 물음은 무엇이 정상이냐는 질문과는 근본적으로 성질이 다르다. 1948년에 미국에서 있었던 알프레드 킨제이의 성보고서는 남성의 성에 대한 혁신적인 연구발표였다. 이 연구를 통해 우리는 '정상'이 무엇이냐는 질문에 대답하는 일이 결코 쉽지 않다는 사실을 알게 되었다. 생물학자 킨제이는 인간의 성행위가 실제로 어떻게 이루어지고 있는가를 알고 싶었던 것이지, 사람들이 상상하거나 바라거나 옳다고 믿는 성행위를 알고 싶었던 것이 아니다. 이 연구에서 뜻밖의 사실과 기대치 않았던 결과가 쏟아졌다. 설문에 응한 절반 이상의 남녀가 혼전섹스를 한다고 대답했다. 당시에는 사회의 극히 일부만이 그럴 것이라고 생각하던 일이었기 때문에 모두들 당혹스러워했다. 또한 남성의 92%와 여성의 62%가 자위행위를 규칙적으로 하고, 열 명중에 일곱 명의 여성, 세 명의 남성이 동성과의 성경험을 가지고 있었다. 충격이었다. 오늘날에도 여러 가지 면에서 유효한 것으로 통하는 킨제이 보고는 당시 사회에 큰 혼란을 야기했다. 그러나 한편으로는 자신의 성행위를 '비정상'이라고 느끼던 많은 사람들의 마음을 가볍게 만들어주었다. 그들은 '나는 정상인가'라는 물음에 마침내 죄책감을 덜고 '그렇다' 라고 대답할 수 있게 되었던 것이다.

우리는 '내면의 평온과 행복' 이라는 물음에 '그렇다' 고 대답할 수 있는 정도에 따라 건강한 개인의 목표에 가까워졌다고 본다. 이것은 단지 성생활뿐만 아니라 갈등, 관계, 관점, 의견, 파악, 능력, 감정 등 타인과 관계된 삶의 모든 영역에 걸쳐 해당된다.

1. 그리스 최고의 여류시인 사포에 버금가는 시인이 되는 것
2. 카브리해 연안의 항구도시에 있는 집 한 채
3. 나만의 말 품종 사육하기
4. 방콕에서 봄베이까지의 기차여행
5. 전 세계 사형폐지 달성
6. 내가 너무나 좋아하는 라인강–마인강 유역에서 살기
7. 리스본으로 가는 선박 유람여행 (행로: 함부르크–리스보스행)

K. F., 광고담당, 38세

그러면 대체 무엇이 건강한 개인일까? 대답하기가 '참!' 쉽지 않은 질문이다. 인터넷 검색창에 '건강' 이라고 쳐봐야 대부분 질병에 대한 설명으로 도배되어 있으니, 구석구석 뒤지지 않고는 답을 알기 어렵다. 대부분의 학자들이 병을 앓는 환자를 연구할 때, 몇몇 심리학자는 건강한 사람들의 심리를 연구했다. 다시 말해, 삶에 두 발을 단단히 뿌리내린 사람들의 심리를 추적한 것이다.

내가 꿈꾸던 대로 살 수 있어 행복하다. 나는 남편을 사랑하며 물론 가끔 죽이고 싶을 때도 있다, 장래에 영광을 가져다줄 훌륭한 두 아들이 있다. 우리는 꿈같은 마을에서 산다. 아, 그렇지 직업과 관련해서 약간의 감정적 굴곡이 있긴 하지만 내가 그런대로 받아들일 만하다. 지루함? 편협함? 그래, 좋다! 만일 마음의 평화가 지금보다 더 많이 생긴다면, 더 이상 바랄 수 없을 만큼 행복하겠지.

G. F. 트레이너이자 코치, 39세

건강한 사람에 대한 정의는 질병이 있는 사람에 대한 정의보다 일치된 결론을 얻기가 더 힘들다. 건강한 상태의 한 부분이라도 삐끗하면, 즉 '돌아버리면' 이미 심리적 병이라고 말하기 때문이다. 인성에 대한 묘사와 건강한 개인에 대한 묘사를 할 때는 항상 그 반대의 병적인 경우를 들게 된다. 그리고 대개는 '건강한 개인에 도달하는 기준'라는 말을 많이 쓴다. 무슨 말이냐고? 아래에 좀 더 자세한 내용이 있다.

인간의 특성을 파악하기가 어려울 경우에는 대립되는 성격쌍과 비교하는 작업을 하기 때문이다. 이건 우리도 잘 아는 일이다. "당신은 사람들에게 우호적인 편인가, 거리를 두는 편인가?" 하고 물으면 "누구와 어떤 관계로 만나느냐에 달려있다"라고 조건을 붙여 대답할 것이다. 그게 맞는 말이다.

나는 강해지기를 꿈꾼다. 충분히 강하지 못하다는 느낌

이 드는 상황 속에서도 꿋꿋하게 버텨내고 싶다. 나는 자아
가 더 확고하기를, 내 목표를 열성으로 추구하기를 꿈꾼다.
또한 지금 맺은 관계는 물론, 앞으로 맺을 다른 관계들에서
도 원만하게 되기를 바란다.

페테 호프만, 제작자, 43세

같은 사람이라도 상황에 따라 전혀 다른 사람처럼 보인다. 어떨 때
는 다정하고 피해를 받을 위험이 없어 안심이 된다고 느낄 때, 어떨 때는 거리를 둔다 상황이나
사람을 잘 알지 못해 불편하거나 잠재적으로 위험하다고 느낄 때. 이 사람을 두고 단 하나의 성격
으로 단정 짓는다면, 그를 부당하게 대하는 처사일 뿐 아니라 성격 자
체를 오해할 수도 있다. 이때에는 그 사람을 다정한 것도 아니고 거리
를 두는 것도 아닌, 양면을 다 가진 사람으로 보는 것이다. 상황에 따
라 한 성격이 두드러지게 나타나고 다른 성격은 상대적으로 적게 나
타난다고 판단한다. 이런 방식은 적어도 두 가지 면에서 큰 장점이 있
다. 첫째는 현실성을 고려하는 것이다. 즉, 오직 A라는 성격만 가지고
있는 사람은 없으며, 동시에 B라는 성격도 가지고 있다는 사실을 반
영한다. 두 번째는 사람을 최상을 추구하는 총체적 인간으로서 본다.
말하자면, 한쪽으로만 치우쳐 있는 것이 아니라 정반합의 과정을 거
쳐 완성을 향해 가는 상태에 있다고 보는 것이다. 이런 관점은 내 자
신과 타인에 대해 관대할 수 있도록 만든다. 이처럼 건강한 개인을 묘
사하는 일은 한마디로 규정할 수 있는 게 아니다. 단지 대립쌍을 놓고
상대적으로 표현할 수 있을 뿐이다.

건강한 개인의 조건과 기준을 세우는 일도 마찬가지다. 오늘날에도 100% 건강한 개인의 묘사는 존재하지 않는다. 세상에는 심리상태를 걱정할 필요가 없는 건강한 사람들이 수십억 존재했고, 현재도 존재하고 있다. 따라서 건강한 수십억을 다 포괄하는 묘사를 하려는 일도 하나의 목표라 할 수 있다. 건강한 개인의 기준은 내가 어느 정도 건강한지, 병이 들었는지 판단하기 위해서 필요하다. 그러나 엄밀하게 말하면, 환자도 건강한 사람도 존재하지 않는다. 단지 인성의 한부분에서 건강수치가 높게 나오는 사람이 있고, 다른 사람은 그보다 덜 높게 나올 뿐이다. 하지만 우리는 모두 어떡해서든 높은 건강수치에 도달하려고 노력한다. 그렇지 않은가?

나는 숲으로 둘러싸인 해변의 집을 가졌으면 한다. 그리고 도시와 사람들의 북적거림으로부터 멀리 벗어나고 싶다. 저녁마다 바비큐를 구울 때 그윽한 그릴 냄새를 맡을 수 있으면 좋겠다. 그러면 나는 칵테일을 홀짝이며 아름다운 석양을 바라볼 것이다. 내 곁에는 카메라 하나만 친구로 둘 것이다. 내가 찍은 사진은 전 세계에 전시될 것이다. 그런 생활에서는 스트레스는 받지 않을뿐더러 누군가에게 허락을 받을 필요도 없다. 산더미 같이 많은 서류와 인공의 불빛은 그런 삶에는 조금도 의미가 없다.

린다 본트, 사진작가, 32세, 시카고

우리가 큰 도움이 된다고 생각하는 '건강한 개인' 의 정의는 시드니 주러드Sidney Jourard가 내놓은 것이다.

"건강한 개인이란, 현재 사회에서 허용되는 행동을 통해 인간의 기본욕구를 가라앉힐 수 있어서 자신의 인성으로 인해 문제가 일어나지 않는 사람을 말한다. 이들은 자신의 존재를 있는 그대로 받아들일 수 있다. 그리고 자신의 생각과 에너지를 자아보호차원의 욕구를 넘어 중요한 사회적 문제로 돌린다."

만일 이런 기준을 충족시키는 사람과 사귈 수 있는 행운이 있다면 정말 멋지겠다. 그런 사람이 얼마나 환상적인 짝인지 상상해보라! 그리고 우리 모두가 그렇게 될 능력이 있다는 사실이 더없이 좋다. 한 가지 더, 우리들은 이 기준을 이미 어느 정도는 충족시켰다고 볼 수 있다. 이제 남은 일은, 건강한 개인이 되는 법을 좀 더 구체적으로 아는 일이다.

♥ 내 인생의 주인은 나다!

참을성, 인내, 겸손, 긴 안목 등의 말을 들어본 적이 있는가? 말 같지도 않은 질문이다. 물론 지겹도록 많이 들어온 말일 게다. 그러면 당신은 이 덕목을 삶에 포함시켰는가? 즐거운 삶을 포기하라는 뜻은 절대 아니다. 천만의 말씀이다. 이번 주제는 앞에서 여러 번 언급해온, 인생목표에 관한 이야기다. 세상에서 가장 날카로운 비판자는 다름 아닌 내 자신이다. "넌 실패한 인간이야!" 또는 이와 비슷한 말을 자주 머릿속에 떠올리고 있는가? 혹은 누군가 당신을 실패한 자라고 내몰지 않았는가? 그렇다면 그런 사람하고는 거리를 두어야 한다. '실패'와 '포기'라는 부정적인 단어는 깨끗이 몰아내버려야 한다! 지금부터는 '낙관한다,' '더 잘한다,' '발전한다'라는 말만 마음속에 담아두어야만 한다. 당신이 설정한 목표는 제법 높을 수가 있다. 하지만 인생목표는 현실에 바탕을 두어야 한다. 올해 안에 만나서 사랑하고픈 이상형을 브래드 피트나 윌리엄 황태자로 삼아서는 안 된다는 말이다. 현실에서 유머와 존중, 친절함으로 사람을 대하는 남자, 첩첩이 쌓아올린 벽을 허물어뜨리는 사람을 당신의 남자로 삼는 것이 중요하다.

나는 직업에서 성공을 거두어 유명해지고 싶다_{약 33세쯤에 이를} 때까지. 그 사이에 결혼을 하고_{31세에 결혼을 하면 최고}, 33세쯤에 아이가 있었으면 좋겠다. 경우에 따라 2년 후에 아이를 하나 더 낳을 수도 있다. 이와 더불어 친한 친구들과 훌륭한 가족을 구성하고 싶다. 언젠가는 남쪽 나라에서_{아마도 스페인?} 노년기를 보낼 별장도 하나 갖고 싶다.

슈테피 하클러, 건축가, 27세

기대치를 높게 잡으라는 말은, 사랑하는 일에만 해당하는 것이 아니다. 경력에 대한 계획, 휴가계획, 현재 기울어져가는 자산계획에 있어서도 기대치를 낮추지 않아야 한다. 그것이 흡족한 만족을 주는 효과적인 방법이다. 우선은 어려워보이겠지만, 첫 번째 목표를 도달하고 나면 다음번의 성공도 그리 어렵지 않는 법이다. 처음에는 한걸음씩 나아가는 방식으로 시작해 나중에 아주 높은 목표에 도달하게 된다.

> 85세가 되면 햇볕이 따사롭게 내리쬐는 테라스에 앉아 만족스러운 기분으로 지나간 삶을 회고하고 싶다. 그럴 때에 내 기분은 충만하고, 생생하고, 경험이 풍부하며, 사랑이 가득한 인생을 살았다고 느낄 것이다. 이 꿈이 실현되면 1970년부터 2055년까지의 세월이 행복하게 지나간 것이다!
>
> 로란트 메베스, 마케팅 팀장, 35세

첫 학기에 소개한 하이디를 아직 기억하는지? 그녀는 몇 년간 계속된 전문가의 도움으로 조금씩 자신을 다시 건설하기 시작했다. 한 발을 내딛고, 그 다음 발을 내딛는 식으로 그녀의 상처가 차차 치유되도록 했다. 물론 시간도 하나의 치유요소가 되었다. 그러나 그녀가 자존심을 회복할 수 있었던 가장 큰 요인은, 작은 중간목표들을 성공한 경험이었다. 긴 안목과 참을성을 가지고 설정한 목표들이었다.

그녀는 중간목표를 정하는 과정에서 상담자가 권한대로 기대치가 낮은 목표는 설정하지 않았다. 처음의 목표 중에는 혼자 도시를 다니는 일, 카페에 들어가 혼자서 카푸치노를 주문하는 일도 있었다. 하이디에게 주어진 과제는 이런 행동을 긴장하지 않고 해내는 것이었다.

하이디와 같은 경우 자존심이 낮아져 있고, 남자에게 의존하는 성향이 강하다. 그래서 홀로 서는 연습이 필요했던 것이다. 작은 일 하나에서부터. 하이디는 이 과제를 완수했고, 자랑스러워했다. 남자 도움 없이 혼자서는 아무것도 못하던 그녀가 이제 본인의 집까지 직접 구할 수 있었다. 물론 친구의 도움을 받기는 했지만, 애인의 일방적인 이끌림에서는 벗어난 것이다. 어떤 사람은 이 대목에서 픽 웃으며 이렇게 말할지도 모른다. "본인의 집을 꼭 친구랑 같이 구하나? 다 큰 성인이라면 혼자 하는 게 당연하지 않아?" 하지만 일생토록 남자에 종속되어 있다는 가치관으로 살아오며 자존심도 잃고 있던 하이디에게는 그렇지 않다. 그러나 새로운 남자를 만나는 일은 아직 시기상조인 것 같다. 스스로 독립하기 전에 다시 종속될 염려가 있기 때문이다. 하이디에게 제시된 다음 과제는 학교에서 실습으로 그친 직업생활을 시작하는 것이다. 하이디는 현재 안정을 찾고, 앞을 내다볼 수 있는 성공을 통해 자신의 내면을 강하게 만들고 싶어 한다. 그럼으로써 독자적인 자의식을 갖추고 싶어 한다. "하이디, 성과가 크니 매우 기쁩니다. 앞으로도 많은 행운이 있기를 바랍니다. 참 잘 해내셨어요. 우리가 카페에 앉아 있는 당신을 만나면, 카페라떼 좀 주문해주세요. 그리고 당신의 이야기를 많이 들려주세요."

♥ 오로지 '나'로 살아가는 길

당신에게도 여러 가지 목표가 있을 것이다. 당신이 건강한 개인이라면 여러 목표들 중에서 하나를 머지않아 성취할 수 있다. 갈 길은 아직도 멀지만, 한걸음 한걸음씩 해내면 된다. 최종목표는 높이 두되, 그 사이에 중간목표를 설정하자. 필요하다고 생각되는 중간목표가 아무리 많아도 괜찮다. 순서를 두고 차근히 설정하기만 하면 된다. 중간목표는 훨씬 도달하기 쉽고, 그 성취감에 힘입어 또 다음 목표로 갈 수 있기 때문이다.

나는 시카고에 빵집을 하나 열어 미국전역에 곡물빵을 퍼뜨리고 싶다. 빵을 직접 굽고 온갖 종류의 빵을 다 갖추어놓을 것이다. 그리고 오후에 퇴근시간이 지나고나서 빵집을 열 것이다. 더 이상 새벽 일찍 일어나고픈 마음이 없기 때문이다. 아무리 내가 제빵사라도 새벽에 일찍 일어나는 건 싫다. 일요일에는 빵집에 친구들을 모두 초대해 빵을 나누어 먹으며 담소를 나눌 것이다. 그리고 내가 좋아하는 밀크 커피와 크로와상을 실컷 먹으며 살 것이다.

랄프 뮐러, 치료사, 38세

축하한다! 이것으로 예비과정의 이론부분을 다 마쳤다. 당신은 이미 자아발견과 더불어 행복한 관계로 향하는 길 위에 올랐다. 그리고 이미 큰 진전을 보았다. 이제 신나는 방학을 보내라는 인사만 남았다.

하지만 공부한 내용을 까맣게 잊어버리지는 마시라.

즐거운 마음으로 내 자신을 성찰하자. 수업에 열심히 참여한 여러분에게 감사드리며, 제6학기에서 다시 만나자!

나와 같은 방향을 바라보는 좋은 친구들과 커다란 집에 모두 모여 살면서 건강과 만족을 누리며 사는 것, 경제적 안정을 가지는 것 – 경제적 안정도 부정하지는 않겠다 – 50세가 되면 다시 인문학을 공부하는 것이 나의 꿈이다. 그리고 이 꿈이 사라지지 않았으면 좋겠다.

크리스티네 안트바일러, 여성 기업가, 36세

친애하는 강사님들,

학생들에게 여름방학을 잘 보기 바란다는 말을 전해주시기
바랍니다.

수고하십시오
Prof. Love

Prof. Love

F. 러브 박사 (러브 아카데미 학장)

추신 : 나는 오늘부로 '주말농장에서의 나체주의–현대의 재앙' 이라는 주제로 개최
되는 학회에서 '숲의 환락' 이라는 정원조성협회 의장직을 맡게 되었습니
다.(협회 홈페이지에 한번 들러보세요!) 따라서 6학기 개강 때나 되어야 연
락 가능하겠습니다.

 **여름방학**

이제까지 우리는 전공수업에 들어가기 위해 필요한 과정을 밟았다.

지금까지 배운 이론지식과 더불어 개인적 성숙도를 점검하라.

*

내일이 없는 것처럼 사랑하라

마주치는 모든 사람들에게 다정하게 대하라

화이팅!

친애하는 강사님들,

이제 전공과정이 시작되었습니다. 본격적인 수업에 이렇게 많은 학생들을 만나게 되니 매우 뿌듯합니다. 지금부터 '우리'라는 차원의 공부를 시작합니다. 이 공부는 학생들이 연인관계의 다양한 양상을 이해하는 데 도움이 될 것입니다. 학생들에게 6학기에서 다룰 주제를 알려주십시오.

1. 연인관계의 주관성
2. 연인관계의 종류
3. 연인관계의 의미
4. 사랑의 진행단계

수고하십시오

Prof. Love

F. 러브 박사 (러브 아카데미 학장)

추신 : 교내 카페테리아에 『소망을 나르는 무당벌레』를 내놓았습니다. 많이들 사보세요.

두 몸이 한 영혼으로 된다는 것
하나보다 둘이 낫다

♥ 연애 따위는 필요 없다고? 정말?

'혼자' 라는 단어는 인간과 잘 어울리는 단어는 아니다. 우리는 어릴 때부터 '관계' 속에 살아오기 때문이다. 아니, 관계를 찾아가며 살아왔다. 보살펴주는 사람, 소꿉친구, 위로가 되는 사람, 놀아주는 사람 등등. 아이들은 방 안에 혼자 있거나, 집에 혼자 남겨지거나, 혼자 나가 놀라고 내보내지는 것을 대부분 싫어한다. 그러던 아이가 사춘기가 되면, 어떻게든 가족에게서 독립하려고 기를 쓴다. "엄마아빠랑 같이 여행을 가라고? 어휴, 지옥이야!" 이러면서. 그렇다고 정말 '혼자' 가 되고 싶어 하는 것일까? 천만에. 부모 품을 벗어나면서 한편으로는 친구와 동아리, 첫사랑 등 다른 인간관계를 찾아간다. 그러다 좀 더 크면, 음양의 조화에 따라 다른 성性을 가진 사람을 찾게 된다. 이른바 '연인관계'를!

연인관계는 사람마다 다르게 정의를 내린다. 짝을 짓는 일은 행복한 삶을 위해 반드시 필요하다고 생각하는 사람이 있는가 하면, 어떤 사람은 '두 사람 간의 거래'로 들어가는, 그날이 그날인 지긋지긋한 생활이라고 말한다. 일단 이와 관련된 금언을 보자.

'연인'이 '독신'에게 말한다.
"내 생활이 존경스러울 것이로다."
그러자 '독신'이 '연인'에게 말한다.
"내 생활이 그리울 것이로다."

사실 우리는 성인들의 멋진 말씀을 인용하고 싶었으나 유감스럽게도 연인관계에 대해 별 말씀들을 남기지 않았다. 그래서 할 수 없이 우리가 직접 만들어 썼다…!

우리는 연인관계의 다양한 면을 구체적으로 알아내기 위해 주변 사람들에게 연인관계를 어떻게 정의하는지 물어보았다.

- "연인관계는 인생에서 매우 중요한 부분입니다." (행복한 사람)
- "나에게 연인관계는 큰 의미가 없습니다. 할 일이 너무 많다보니, 사람을 사귄다는 게 일종의 사치가 됐죠." (일중독자)
- "둘의 관계를 잘 꾸려나가면, 삶이 모든 면에서 쉬워질 뿐 아니라 더욱 아름다워지기도 합니다. 성공의 결실을 타인과 나눌 수 없다면, 힘겹게 얻어봤자 그게 다 무슨 소용이 있겠어요?" (찬성

하는 사람)

- "나는 완벽한 연인관계를 애완견과 나누고 있어요. 개야말로 내가 가장 신뢰하는 친구이자, 언제나 내 편이 되어주는 유일한 존재죠!" (고독한 사람)

- "나는 사람이 반드시 '쌍'을 이루어 살 필요는 없다고 봅니다. 많은 사람들이 부족한 부분을 채워줄 짝을 원한다고 말합니다. 그런데 대체 뭘 더 채워야 한다는 거죠? 나는 나 자신을 반쪽이라고 생각하지 않습니다. 내 인생은 지금도 충분히 좋아요. 훌륭한 직업에, 친구들도 많거든요." (만족한 사람)

- "나는 항상 애인이 있었습니다. 더불어 사는 사람이 없이 삶이 이어진다는 건 상상할 수도 없어요. 나는 무슨 일이 있어도 짝을 짓고 살아야 하는 사람이죠. 혼자 있다는 것은 텅 빈 암흑이나 다름없습니다." (불안한 사람)

- "연인관계는 장점이 많다고 봅니다. 비록 일부일처제라는 제약과 상대편의 부모까지 신경써야 하는 등, 개인의 자유가 줄어든다는 단점이 있긴 하죠. 그래도 종합적으로는 그 생활이 플러스에요." (수학자)

- "연인관계는, 대단한 생각거리를 요하는 주제죠. 나는 여러 번 애인과 같이 살아봤는데, 지금은 넌더리가 난 상태입니다. 별로 찬성하고 싶은 생각이 없네요. 가끔 좋은 섹스를 하는 것으로 충분하죠. 연인관계 말고도 신경 쓸 일들, 해야 할 일들이 너무 많잖아요?" (실망한 사람)

각자의 가치관과 처지에 따라 이렇게도 다양한 정의가 나왔다. 당신은 어떤가? 연인관계를 별로 필요로 하지 않는 사람도 있다. 사람 사귀는 일이 자신의 목표를 성취하는 데 방해가 될 수도 있기 때문이다. 그렇다면 문제 될 것은 없다. 한 가지만 빼고! 주변에서 가만 놔주지 않는다는 것 말이다. 싱글들은 주변에서 주는 스트레스 때문에 이만저만 시달리는 게 아니다. "아직도 눈에 들어오는 사람이 없니? 이제 제발 좀 진지하게 생각해봐라. 니 나이가 벌써 꺾어진 칠십이야. 더 이상 팽팽하지 않다구!"

　연인관계 따위는 생각할 여유가 없다는 일중독자는 어쩌면 과거의 실패로 인해 모든 관심을 일에 다 쏟아버렸는지도 모른다. 사랑에 실패한 씁쓸한 경험 후에는 '사랑이 뭐라고 내가 이 고생을 하나' 하는 생각이 들지 않는가? 배신, 헤어짐의 고통, 마음의 상처 때문에 이런 생각이 들 때가 많다. 하지만 어쨌든 잘못된 생각이다. 만일 사람들이 사랑에 실패한 후 절망에 휩싸여 모든 희망을 버렸다고치자. 그래서 또 다시 실망을 겪을 게 두려워, 두 번 다시 사랑하지 않는다고 가정해보자. 세상은 쓰디쓴 경험을 곱씹으며 얼굴을 잔뜩 찡그리고 다니는 솔로들로 우글거리게 될 것이다. 우리가 하고 싶은 말은, 세상과 담을 쌓고 무덤을 파고 들어간 사람들의 입에서 유독 부정적인 견해가 나온다는 사실이다. 그것은 '단단한 마음의 철옹성'을 쌓는 일이 더 편하기 때문이다. 그러나 그보다는 외부세계로 연결하는 감정의 다리를 드리워두는 일이 훨씬 더 중요하다. 어느 날엔가 다시 감정이 되살아나고 철벽을 쌓은 성이 무너지는 인생 최고의 날이 올 때까지 말이다. 당신의 심장이 지금은 얼음처럼 차가워졌다 하더라도, 당신은 다시 타인과의 신뢰를 형성할 수 있다. 이에 대해서는 나중에 좀 더 이야기하자.

♥ 각양각색의 연인관계

연인관계는 참으로 각양각색이다. 이번 학기에는 다양한 연인관계의 종류를 살펴보자.

가장 오래된 타입은 고전시대에 있던 타인과의 관계로 거슬러 올라간다. 사람은 인간이 아닌 다른 종과도 인간관계나 다름없는 신뢰를 쌓을 수 있다. 그래서 개나 고양이가 가장 친한 존재가 될 수도 있다. 때로는 이런 관계가 연인관계를 대체하는데, 충실, 존중, 스킨십 등 일반적인 연인관계에서 충족되는 면이 존재할 수 있기 때문이다. 이런 관계를 가진 사람들은 사랑하는 애완동물이 죽으면 큰 충격을 받고 전문가의 도움을 청하기도 한다. 특히 외부세계와 담을 쌓고 지내는 사람들에게서 빈번한 일이다. 그런데 동물도 아니고, 피와 살로 이루어진 살아있는 존재가 아닌 무생물과 맺는 연인관계도 있다면? 아니, 아니, 지금 당신이 상상하는 엽기적인 관계는 말고!!

"오늘 저녁에 뭐 할 거야? 약속 있어?"

"아니, 별 일 없어. 운동 좀 하다가 집에 가서 컴퓨터 앞에 앉아야지!"

바로 이것이 21세기의 대표적인 대답이다.

"내 애인, 노트북을 소개해드리겠습니다!"

　저녁이면 컴퓨터 앞에서 시간을 보내며 밤늦도록 채팅, 블로깅, 게임에 몰두하는 사람들이 늘고 있다. 인간과의 관계를 컴퓨터와 시작하는 것이다, 컴퓨터는 의사소통을 위한 도구에 지나지 않는다고 주장할지 모른다. 그러나 '디지털 관계'에서 실제로 경험하는 것은 자기 자신의 환상과 컴퓨터. 섹스만을 문제 삼는 것이 아니다. 아니, 오히려 가상의 대화가능성이 끊임없이 솟아난다. 우리는 그것에 매혹당하며, 남몰래 환각상태를 추구한다. 비록 몇 시간 동안이지만 전혀 다른 사람이 될 가능성이 있기 때문이다. 이런 점이 더없이 편안하기도 하다. 내가 소파에 앉아 느긋하게 짝을 선택할 수 있는데, 왜 쓸데없이 소개팅 같은 데 나가 어색하게 앉아 있어야 한단 말인가? 직접적인 육체적 관계에서 생기는 '골치 아프고 위험한 일' 보다는 모니터를 보며 자판을 두드리는 저녁시간이 훨씬 좋지 않은가? 이런 식으로 여가시간을 보내는 일은 새로운 사람을 만나는 경우가 드문 사람들에게 특히 매력적일 것이다. 정 원한다면 그쪽을 택해도 좋다. 다만, 우리와 한 가지 약속만 하라. 온라인에서 만난 가상의 대화상대자를 '오프라인 세상'에서 만나겠다고 말이다. 모르긴 해도, 그렇게 한다면 주말마다 컴퓨터 앞에 앉아있는 일에 흥미를 싹 잃어버리게 될 것 같은데!

♥ 환상의 커플이라는 것
　사람들이 짝을 맺어야겠다는 동기를 어디에서 찾는다고 생각하는가? 둘만의 오붓한 생활이 더 즐거워서일까? 애인의 보너스 마일리지 혜택을 보기 위해? 식당에 혼자 앉아 밥 먹기가 지긋지긋해서? 이유가 안 될 것도 없다! 연인관계를 원하는 이유는 숱하게 많다. 반면 혼자이고 싶다는 욕구도 커졌다. 오늘날에는 '자기만의 방'이라는 사적공간에 대한 욕구가 하나의 세태가 된 것도 사실이다. 그러나 가만히 생각해보자. 정말로 혼자이고 싶다는 욕구가 있긴 있는 것일까? 일상을 지배하는 여러 가지 의사소통 매체에 엮여 있으면서도?

"만약 집에 전화 걸어서 연락이 안 되면, 내 사무실로 연락을 해봐. 사무실을 비우게 되면 핸드폰으로 연결이 되도록 해놓을게. 그래도 안 되면 메일을 보내. 외출 중에도 메일을 볼 수 있으니까."

휴, 이걸 읽으면서도 벌써 숨이 가빠온다. 하지만 이것으로 끝난 게 아니다. 정신없이 변화 발전하는 환경 속에 살아남기 위해서 사람들은 경쟁의식이 팽배해진다. 이와 비례해 동정심과 상호존중을 위한 여유는 점점 축소된다. 그래서 오늘날 많은 사람들이 낭만주의에 대한 필요성을 다시금 느끼는 것이다. 바로 이 시점에서 파트너십과 연인관계가 본격적으로 작용한다. 물론 연인관계가 모든 사람들에게 최적의 삶의 형태는 아니다. 하지만 많은 사람들이 행복한 삶을 상상을 할 때, 으레 연인관계를 생각한다.

이런 상상을 한번 해보자. 당신은 언제나 산더미 같은 일에 파묻혀 사무실에서 미친 듯이 일을 한다. 지금 당신은 오전 미팅에서 상사한테 처참하게 깨졌고, 여름휴가는 승인을 받지 못했고, 같은 팀 부하직원이 사장에게 열심히 아부를 하며 자리를 넘보고 있는 상황 아래 있다. 전화벨은 쉬지 않고 울려댄다. 기획실에서는 벌써 열 번이나 통계자료를 내놓으라고 성화다. 그보다 먼저 작성할 회계서류도 있었는데, 그것마저 새로운 고객을 상대하느라 미처 준비를 못했다. 또 전화가 왔다는 신호가 옆에서 깜박거리는 게 보인다. 메일박스에는 확인할 메일이 가득하다. 스트레스에 받쳐있으니 전화를 받아도 저편에서 무슨 소리를 하는지 귀에 들어오지 않는다. 꺼질 듯 한숨을 한번 내쉬고 나서 이놈의 슈퍼하이테크 세계로부터 도망칠 궁리를 한다. 이번 겨울시즌에 열리는 스키동호회에 회원가입을 할까 말까 망설이면서 방금 도착한 안내문을 읽는다. 바로 그 순간, 마침내 하루 종일 기다려왔던 일, 그녀의 전화번호가 뜬 것이 보인다. 당신은 버튼을 눌러 애인이 남겨놓은 목소리를 듣는다.

"여보세요, 자기야? 나야. 자기가 엄청 스트레스를 받는 중인 줄 아니까, 방해하려는 건 아냐. 짧게 얘기하고 끊을게. 그냥 자기 생각이 나서 걸었어. 사랑한다는 말을 하고 싶어서. 저녁에 자기가 좋아하는 거 맛있게 만들어놓을게. 그리고 오늘 있었던 일을 죄다 얘기해서 풀자. 저녁이 빨리 왔으면 좋겠다. 이따 봐!"

당신도 전화메세지에 이런 말을 남겨놓아 본 경험이 있는가? 아직한 번도 없다고? 아이고, 딱해라! 그렇다면 특히 제 9학기를 신중하게 읽기 바란다. 전화로 애인의 목소리를 들은 후에는 세상이 그렇게 삭막하지만은 않다는 기분이 든다. 그리고 '난 이미 인생에서 진짜로 중요한 것을 가졌어.' 라는 생각이 들 것이다. 어느새 입가에 미소를 띠고 회계서류를 들여다본다. 현실주의자들이라면 아까 나가떨어져 지금쯤 변기에 머리를 처박고 있을 것이다. 하지만 낭만주의자들은 그래도 세상이 아름답다고 생각한다. 애인이 남긴 전화 덕택에…

이 이야기는 연인관계의 의미를 한번 표현해보려고 우리가 꾸며본 것이다. 하지만 정말 연인관계를 제대로 표현하는 일이 가능할까? 헤아릴 수 없이 많은 사람들이 저마다 다르게 연상하고 동경하는 연인관계, 또한 실망과 환희, 기쁨과 슬픔 등 숱한 감정들을 불러일으키는 이 복잡한 개념을 이런 식으로 한정지을 수 있을까? 연인관계의 의미는 수천 년 세월이 흐르는 사이에 변한 것일까? 왜 사람들마다 관계를 하면서 문제를 한 아름씩 싸안고 있을까?

짝을 지어 사는 일은 태초부터 시작된 원초적 현상이다. 고대 그리스의 위대한 철학자 플라톤도 짝짓기에 대한 인간의 동경에 대해 말했다. 플라톤은 그의 저서 『향연』에서 남자와 여자에 대해서가 아니라, 태초에 존재했다고 하는 제3의 성性에 대해 썼다. 태초의 인간은 형태가 둥그렇게 생겨서 공처럼 굴러다녔다고 한다. 그런데 이 인간들은 매우 강하고 세력이 컸기 때문에 제우스신은 약간 손을 봐서 세력을 약화시켜야겠다고 생각했다. 그래서 인간을 두 쪽으로 나누어버렸다. 물론 제우스는 노련한 기술자가 아니었던 관계로, 처음에 좀 서툰 솜씨로 인간을 잘라놓았다. 그리고 나서 자신의 미숙함을 만회할 요량으로 다듬어놓은 것이 결국 여자와 남자가 된 것이다. 이 재미난 책의 내용 중에는 이런 이야기가 나온다.

"인간들 서로에 대한 사랑은 둘로 갈라진 것을 하나로 만들기 위해 노력하면서, 그리고 태초의 본성으로 결합하여 인간적인 약점을 치유하기 위해, 그토록 오랫동안 뿌리내려 이어져왔다."

참으로 아름다운 이야기가 아닌가? 이런 신화와 전설이 오늘날에도 우리의 사고방식에 깊이 새겨져 있다는 사실을 쉽게 짐작할 것이다. 성경에 나오는 아담과 이브의 이야기조차도 아담의 갈비뼈에서 이브가 탄생했다는 '두 쪽으로 갈라진 하나의 형태'라는 생각의 영향을 받았다. 분리된 것을 이어붙이는 것이 '사랑'이고, 홀로 있는 것은 치유해야 할 '악'이고, 혼자 있는 사람은 반쪽 밖에 되지 않으며, 연인관계가 고독을 치유한다는 모든 가정은 2,500년 전의 플라톤에 의해 전해져 오늘에 이르고 있다. 혼자 사는 것, 짝이 없는 것, 외로운 것이 좋지 않다는 것이다. 그렇다고 짝이 있다는 것만으로 자동적으로 행복한 인생이 보장되지는 않는다. 그러나 사람들은 누군가를 필요로 한다. 누구든지! 그렇지 않으면 사람은 정신적, 육체적으로 황폐해지고 만다. 당신이 지금 이 내용을 읽고 있다면, 살면서 한 번은 관계를 가졌던 사람이다. 왜냐하면 글을 읽을 능력이 있는 사람은 적어도 한번은 삶에서 누군가가 있었을 만큼 나이가 들었기 때문이다. 친구였거나, 사랑하는 사람이었거나, 같이 있으면 마음이 따뜻해지는 사람이거나, 깔깔거리며 얘기를 나누는 사이였거나, 도움이 되는 사람 등….

시칠리아 호엔슈타우펜 왕조의 프리드리히 2세1194-1250는 끔찍한 실험을 한 적이 있다. 왕은 모든 인간이 공통으로 가지고 태어나는 태초의 언어가 있는지 알아내고 싶었다. 그래서 젖먹이에게 젖을 주되, 유모가 언어적으로 영향을 줄 수 없도록 한 마디도 말을 하지 말라고 지시를 내렸다. 유모는 젖을 먹이는 일 외에는 아무것도 해선 안 된다는 명령을 받았다. 그런데 아기가 말할 능력도 갖추기 전에 일찍 죽어버려, 실험은 실패로 끝나고 말았다. 이 실험은 처음 의도와는 달리, 인간은 말을 붙이고 애착과 부드러움을 받지 못하면 생존할 수 없다는 결과를 낳았다.

중요한 것은, 물리적인 보호만으로는 인간이 생존할 수 없다는 사실이다. 사람은 눈곱만큼이라도 애정과 관심을 느껴야 한다. 갓난아이는 주변에서 일어나는 반응을 보고 자신을 정립하는 법을 배우기 때문이다. 자아상은 낯선 사람이 나에 대해 표현한 발언을 통해 정해진다. 이러한 자아상 정립은 일생에 걸쳐 진행된다. 만일 "넌 할 수 없어!"라는 말을 수백 번 들은 사람이 있다고 치자. 그러면 언젠가는 그 말을 믿게 된다. 그리고 "네가 해냈구나!"라는 말을 수백 번 들은 사람도 언젠가는 그 말을 믿게 된다. 우리는 태어나면서부터 이런 '세뇌과정' 속에 산다. 어머니가 미소 띤 얼굴로 요람을 흔들며 아기에게 애정이 담긴 말을 건네고 어루만지면, 아기는 '나는 좋은 사람이고, 가치가 있다'라는 내용을 저장한다. 반대로 슬프거나 화난 눈빛으로 아기를 보고 다정한 느낌도 없이 아무렇게나 취급하면 아기는 '나는 나쁜 사람이고, 가치가 없다'라는 내용을 저장한다. 이처럼 어머니나 아버지, 친척, 할머니, 유모 등 기르고 보호하는 사람들은 아기가 배우는 과정에서 자기 자신의 거울이 된다. 아기는 그들에게서 자신의 모습을 다시 보는 것이다. 좀 더 크면 또 다른 거울이 나타난다. 소꿉친구, 유치원 보육사, 선생님들이다. 그리고 마침내 연인, 친구, 동료들이 거울이 된다. 애인도 내 자아상에 커다란 영향을 미친다. 가까운 사람일수록 내 관점에 큰 영향을 미치는 것이 제1법칙이다. 거꾸로 얘기하면 나도 가까이에 있는 사람에게 큰 영향을 미친다는 말이다.

그러면 이것이 연인관계에 어떤 의미를 지닐까? 자, 여기에 우리의 모습을 일그러뜨리고 찢어놓는 요술거울이 있다. 한번 보자.

"그는 아주 고약한 괴물이었어요! 세상에서 가장 지독한 악마였죠! 어느 날 악마는 무척 신이 났어요. 자기가 거울을 하나 만들었는데, 그건 선하고 아름다운 모든 것을 싹 사라지게 하는 거울이었거든요. 그런데 쓸모없고 나쁜 것들은 거울에 비추면 훨씬 더 끔찍하고 이지러지게 보였어요."

이런 거울을 가진 연인관계, 다시 말해 당신이 가진 아름다운 성질은 죄다 작게 만들고, 약점을 크게 부풀리는 사람과의 관계는 끔찍한 것이다. 우리는 보통 그런 것을 싫어한다. 그럼에도 불구하고 때로는 타인에게 늘 나쁜 이야기나 감정을 표현하는 사람, 상대방을 매력 없는 모습으로 일그러뜨리는 사람을 찾기도 한다. 꼭 나쁜 남자만 만나는 여자들도 있지 않은가? 이런 연인관계는 좋지 않다. 당신의 관계는 어떤가?

* 당신이 현재 나누는 관계는 좋은 관계인가? 확인하고 싶다면 책 뒤편의 〈서브노트〉
로 넘어가서 테스트를 해보라.

♥ 첫 눈에 반한 사랑의 실체

책 앞부분에 나온 개구리를 기억하는가? 눈물을 글썽이며 동정심을 불러일으키던 왜소한 그 남자 말이다. 불쌍하기도 하지. 하지만 그가 잘못한 일은 없다. 자신의 모습 그대로였을 뿐이다. 선택하는 여성의 기대에 부응하지 못한 것을 그의 책임이라고 할 수는 없다. 동화에 나오는 개구리왕자와는 달리, 우리가 만들어낸 개구리 이야기가 훨씬 더 현실성이 있지 않은가? 잘 알려진 동화 '개구리왕자'는 첫눈에 반한 사랑의 본색을 좀처럼 드러내지 않는다. 그러니 현실성이 없다는 것이다.

자, 그럼 '첫눈에 반한 사랑'에 대해 얘기 좀 해볼까? 첫눈에 반한 사랑을 전문용어로는 '초기의 사랑'이라고 한다. 초기의 사랑은 오랜 시간을 두고 발전하는, '관계에서 생기는 사랑'과는 성격이 다르다. 사랑의 진행단계를 전체적으로 보여주는 그림을 아래와 같이 그려볼 수 있다.

첫눈에 반한 사랑 초기의 사랑	사랑에 빠진 상태	관계에서 생기는 사랑

어쨌든 연인관계는 서로 반한 '사랑에 빠진 상태'에서 이미 시작된다. 이는 아래의 도표처럼 보인다.

'사랑에 빠진 상태'에서 '진정한 사랑'으로 넘어가는 과정은 '실망의 단계'를 통해 이루어진다는 특징이 있다. 실망은 환상에서 벗어난다는 뜻이다. 콩깍지가 벗겨진다는 말이다. 사랑에 빠진 단계에서는 애인의 본질에 대해 얼마간 환상에 빠져 있기 때문이다. 이런 환상은 천천히 떨어져 나가면서 점차 사랑의 실체를 보게 된다. 이때 실체가 마음에 들거나 사랑이 깃들면 '관계에서 생기는 사랑' 단계로 발전한다. 실망의 과정은 사귀는 동안 계속해서 일어난다고 볼 수 있다. 그러면서 애인의 이미지는 점점 현실적인 모습을 갖추게 된다. 이 과정은 일반적으로 연인관계가 시작되는 무렵에 가장 뚜렷하게 나타난다. 그림에서 보면, 실망의 단계는 '사랑에 빠진 상태'와 '관계에서 생기는 사랑'의 중간 부분에 놓여있다. 검은 화살표 부분.

이런 연구결과도 있다. 나중에 어느 정도 실망하더라도, 상대에게 환상을 가진 커플이 환상이 하나도 없거나 적은 커플보다 더 행복하다고 한다. 이때의 '환상'은 자신을 속이는 게 아니라, 건강한 범위 내에서 애인을 긍정적으로 이상화하는 일이기 때문이다. 환상은 1차적으로 애인이 가진 가장 좋은 점에서 생겨난다. 이것의 장점은 적절히 이상화된 애인이 스스로 그런 환상에 부응하려는 경향이 있다는 것이다. 예를 들어 애인에게서 "당신은 슈퍼맨 같이 멋있는 정의의 사나이야!"라는 찬사를 들어온 남자가 있다고 치자. 길을 가다 깡패와 마주쳤을 때, 평소 같았으면 슬슬 피했을 그가 '애인의 기대에 부응하기 위해' 엄청난 괴력(?)을 발휘해 용감하게 깡패를 물리친다. 이런 일이 서로가 더욱 성장하는 계기가 되기도 한다. 이는 미국 버펄로 대학교의 심리학 교수 산드라 머레이Sandra Murray가 연구결과로 발표한 내용이다. 결론적으로, 환상을 가졌을 때 오는 '약간의 실망'은 전혀 해롭지 않으며, 오히려 관계의 질적인 면을 위해 매우 필요한 부분이라는 것이다. 그러나 '약간'의 실망이다. 상상과 현실이 너무 차이가 크면 그것도 문제가 된다.

이번에는 환상에서 실망으로 넘어가게 되는 과정을 볼까? 우리는 살아가는 동안 지극히 개인적인 사랑의 잡탕스프를 끓인다. 충만한 사랑으로 대해 준 사람들의 인상을 모조리 한곳에 모으는 것이다. 부모, 할아버지, 할머니, 친척, 친구, 선생님, 이웃집 오빠, 누나 등. 특히 부모는 '무엇이 매력적인가' 하는 기준을 우리 머릿속에 각인시킨다. 우리는 이들에게서 한 두 조각을 잘라낸다. 아버지로부터는 달래

줄 때의 부드러운 목소리와 대견스럽게 쳐다볼 때 크게 뜨던 눈을, 어머니에게서는 상냥한 태도와 안아주던 품을, 소꿉친구에게서는 장난기를, 유치원교사에게서는 향기를, 할머니에게서는 따뜻한 손을…. 이 재료들을 두루두루 섞어 한 냄비에 다 집어넣고 끓인다. 이제 잡탕스프는 쉴 새 없이 보글보글 끓는다. 게다가 어른이 되어 생긴 양념도 집어넣는다. 예를 들면 '첫사랑의 상대'도 입맛에 맞게 살짝 집어넣는다. 경우에 따라서는 '살짝'이 아니라 엄청나게 많은 양념을 집어넣기도 하지만! 또한 혐오스럽다고 생각하는 폭력이나 학대, 성폭행, 상실, 악몽 등 온갖 부정적 체험도 그 냄비에 집어넣는다.

그러고 나면 매우 흥미로운 일이 벌어진다. 우리는 그동안 끓인 잡탕스프와 같이 생긴 사람뿐만 아니라 그 냄비에서 풍기는 냄새만 가졌을 뿐인 사람도 만나게 된다. 그리고 이 잡탕스프처럼 보이고, 같은 냄새가 날 경우에는 서로 착 달라붙는다. 그게 너무나 좋은 나머지 당장 한입에 꿀꺽 삼켰으면 한다. 사랑은 이렇게 잡탕스프와 잡탕스프가 서로 만날 때 생겨난다. '머리카락, 눈, 손, 입, 목소리, 몸매, 냄새. 이 부분은 완전히 아빠와 닮았네.' '성격, 몸짓, 옷 입는 방식, 생기발랄함과 웃음. 이 부분이 완전히 우리 엄마를 빼다 박았네.' 하면서.

한 연구에서는 각자 애인을 선택할 때, 남자는 어머니의 눈동자 색깔을 가진 여자를 가장 좋아하고, 여자는 아버지의 눈동자 색깔을 가진 남자를 가장 선호한다고 한다. 머리카락 색이나 키도 비슷한 작용을 한다. 또한 부모의 나이도 영향을 미친다. 나이가 많은 아버지를 둔 딸들의 경우가 나이 많은 남자를 매력적이라고 생각하는 경향이

크다. 여기에서 알 수 있는 것은 상대방을 선택할 때 성이 다른 부모 쪽이 영향을 미친다는 것이다. 동성애자들의 경우는 아직 알려져 있지 않다. 이때는 같은 성을 가진 부모 쪽이 영향을 미칠 것이라 가정해 볼 수 있다. 무슨 말인지 이해할 수 있을까?!

이제는 끓어대는 잡탕스프가 잘못된 애인을 찾는 데 무슨 상관이 있는지 짐작이 갈 것이다. 올바른 이해를 위해 한 가지 더 설명할 수 있다. 이른바 '투사'라는 것이 있다. 특히 사귀기 시작하는 단계에서 애인은 잡탕스프와 비슷할 뿐만 아니라, 스크린 같기도 하다. 첫 번째가 들어맞으면잡탕스프, 이어 동경과 기대를 애인에게 투사한다. 이것이 '스크린'이다. 그러면서 애인을 평소에 상상해오던 이상적 파트너와 동일시한다. 이런 일이 일어나는 것에 대해 사람들은 아무런 조처를 취할 수 없으며, 아주 정상적인 일이기도 하다. 우리가 희망할 수 있는 일은, 투사한 것이 죄다 실망으로 드러나지 않고, 적어도 중요한 부분은 진실성이 있고 기대한 부분이 현실에 맞기를 바라는 일뿐이다. 이 두 가지가 잘 이루어지면 지속적인 관계를 위한 옳은 길에 들어선 것이다. 그림에서는 다음과 같이 나타난다.

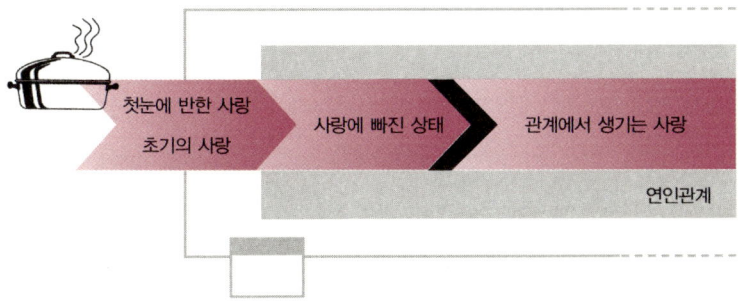

첫눈에 반한 사랑
초기의 사랑

사랑에 빠진 상태

관계에서 생기는 사랑

연인관계

투사의 전 과정에서 뭔가를 아름답게 속일 수 있는 일이 계속 일어날 수 있다. 잡탕스프는 맛이 있고 스크린이 새하얗기만 하면, 드디어 꿈에 그리던 이상형을 찾았다고 생각한다. 그리고 그 사람을 운명에 의해 정해진 짝이라고 확신한다. 이 때문에 수십 년을 그릇된 사람과 사는 일이 생길 수도 있다. 극단적인 경우, 상대방으로부터 긴긴 세월 학대를 받으면서도 가만히 당한다. 연인관계에서 학대를 참는 사람은 어릴 때부터 이미 부모나 가족의 구성원으로부터 학대를 당한 경우가 많은 것이 기정사실이다. 사람은 어릴 때부터 거듭해서 경험한 일을 으레 '정상'이라고 머릿속에 입력하기 때문이다. '네가 나를 학대하니? 좋아, 난 집에서도 늘 그랬으니까'라고 말이다. 부모 곁을 떠난 후의 삶에서 우리는 어렸을 때 각인된 '정상'을 추구한다. 생활주변이 우리의 눈을 바로 뜨게 해줄 때까지는, 또는 환경이 충분한 고통의 경험을 줌으로써 '스스로' 어쩔 수 없이 깨일 때까지는 그렇다. 그렇게 버려지는 시간이 유감이다. 나쁜 경험으로 썩히기에는 삶이 너무나 짧으니까.

♥ 자라보고 놀란 가슴, 솥뚜껑까지 피하는 이유

'연인관계는 무조건 싫다'고 손사래를 치는 사람도 있다. 그들은 논외로 하자. 그런데 애인을 원하면서도 정작 연인관계를 허용하지 못하는 사람들도 아주 많다. 그들이 문제다. 그들은 사람을 가까이하기 두려워한다. 자기를 여는 것이 무섭다. 왜 이런 현상이 생길까? 학기가 시작하는 시점에서 한번 이야기한 적이 있었는데, 이는 실망, 상처, 고통 때문이다. 어려서 뜨거운 난로에 손가락을 덴 경우, 이와 똑같은 반응이 나타난다. 아이는 한번 뜨겁게 덴 다음에는 다시는 난로에 손을 대려하지 않는다. 고통스럽고 상처가 되는 일은 미래에도 피하려고 한다. 이를 '자기방어'라고 하는데, 매우 건강하고 중요한 행동특징이다. 한번 덴 난로에 손을 또 대고 또 댄다면 어디 살아남겠나?

우리는 살아가면서 경험을 통해 행동을 조절하게 된다. 좋고 나쁜 경험들을 통해 많은 것을 배워나가는 것이다. 어떤 일은 다음번에 다른 방식으로 하고, 어떤 일은 전혀 하지 않기도 한다. 뜨거운 난로처럼 실제로 위험한 일이라면 피하는 것이 옳다. 하지만 때로는 한 번의 나쁜 경험을 통해 그 대상 전체를 나쁜 것으로 단정 짓기도 한다. 차가운 난로조차 손을 대지 않으려는 철부지와 같다. '성숙'의 의미는 차가운 난로는 위험하지 않고, 뜨거운 난로가 위험하다고 구별할 수 있다는 뜻이다. 감정과 기분, 사랑과 연인관계도 마찬가지다. 애인이 나를 배신하거나 떠나면 일단은 상처를 받고 감정의 세계로부터 한 발 물러나게 된다. 이 행동은 매우 긍정적이고 효과적이다. 그러나 부디 한동안만 그런 상태에 있도록 하라.

어떤 이들은 또 다시 실망을 겪을까 두려워 더 이상은 진지한 연인관계를 사절하기도 한다. 새로 만난 사람과 '잠자리는 같이 할지언정' 절대로 마음을 주는 일은 허락하지 않겠다고 작정한다. "같이 오르가즘에 도달하는 것? 그래, 좋아. 신뢰와 열린 마음? 아니, 사절!" 이건 '뜨겁든 차갑든 난로는 무조건 위험하다'는 식이다. 이런 사람을 보면 씁쓸하다. 왜냐하면 이들은 속으로는 진지한 관계를 더 이상

원하지 않으면서도, 연인관계의 기회를 얼른 또 잡기 때문이다. 그러면서 자기 쪽에서 마음을 열 필요가 없다는 구실은 너무도 재빨리 찾아낸다. 그리고는 상처를 받았던 과거의 애인과 새로운 애인의 공통점을 잽싸게 발견하고 이렇게 말한다. "똑같은 똥을 밟을 바에야, 그전에 손을 떼는 게 낫지." 진짜 어른이라면 난로에 다시 적응하는 법이다. 단, 뜨겁지 않다는 조건 하에서 말이다.

그러니까, '이번에는 제대로 될 것 같아' 하는 예감이 드는 사람에게 다시 다가가라. 사람을 믿지 못하는 마음, 상처받은 마음이 삶을 지배하도록 내버려두지 말라. 비록 다시 상처를 받을 가능성이 있다 하더라도, 용기를 내고 우리를 믿어라. 당신은 상처를 극복하고 희망을 다시 찾게 될 것이다. 그런데 한 가지, 분명히 가려야 할 예외사항으로서, 학대를 당하는 경우가 있다. 이때는 당장 관계를 청산하고, 치료받을 수 있는 지원을 받으라고 충고한다. 그 외에는, 과감하게 사랑하라. 상처받는 삶만 있는 게 아니기 때문이다. 그리고 당신 혼자만 그런 것도 아니다. 살면서 사랑 때문에 쓰디쓴 상처를 입지 않은 사람은 한 사람도 없다. 소꿉놀이의 종말이든, 사춘기에 엄청난 사랑의 드라마를 찍었든, 최근에 끝난 관계나 이혼이든, 사람이면 누구나 겪는 일이다. 그럼에도 불구하고 대부분은 어느 날 다시, 이별하기 마련인 사람을 신뢰하며 연인으로 삼는다. 예전보다는 현실적으로 되었을지라도 말이다.

자, 지금까지 무엇을 배웠더라? 연인관계의 의미는 정의내릴 수 없는 것인데, 하물며 몇 마디로 요약하는 일은 어림도 없다. 관계에는 무수히 많은 요소들이 함께 어우러져 작용한다. 경험, 가족과 친구들이 선호하는 상황, 개인 성숙도, 꿈과 목표, 연인관계에 대해 상상하는 이미지, 그 이미지와 연결되어 있는 동경 등. 당신에게 있어 연인관계가 무엇을 의미하는지 찾아냈는가? 시간을 두고 차근히 생각해 보라. 사람마다 판이한 생각을 가지고 있다. 어떤 사람에게는 연인관계가 최고의 인생목표가 될 것이며, 누구에게는 심심풀이로 쓸 만한 것이기도 할 것이다. 어떤 경우이든 연인관계는 최신형 드럼세탁기를 집에 들여놓는 것보다는 더 큰 의미가 있을 것이다. 긍정적이든 부정적이든 간에… 물론, 우리는 긍정적인 의미이기를 바란다. 당신을 행복하게 하는 연인이여, 영원하라!

사랑의 잡탕스프, 하얀 스크린, 뜨거운 난로. 이토록 많은 이야기를 뒤로 하고, 이제 연인관계라는 주방의 문을 조용히 닫으려 한다. 7학기에서는 거실 문을 열 것이다.

친애하는 두 분 강사님,

연인관계에 대한 어렵고 추상적인 내용을 드디어 마쳤습니다. 이제 생생한 현장을 보여주는 구체적인 본론으로 들어갑니다! 아래의 내용을 중심으로 다양한 연인관계의 유형에 대해 학생들이 잘 배우도록 힘써 주십시오.

1. 관계에 미치는 영향
2. 연인관계의 유형

자, 그럼 7학기의 문을 여시고, 학생들이 충분히 시간을 들여 숙제를 하도록 살펴주세요.

수고하십시오
Prof. Love

F. 러브 박사 (러브 아카데미 학장)

남자, 여자 그리고 SEX
세상에 존재하는 모든 연애유형

❤️ 이 문제 커플, 어디서 많이 본 듯한데?

옛날 옛적, 푸르른 초원 위에 꿀벌 빌리와 마야가 살고 있었답니다.

"빌리, 있잖아. 자기도 사는 게 늘 똑같이 반복되는 것 같다는 느낌이 들 때가 있어? 딱 한 영화만 줄곧 돌려대는 극장처럼 말이야. 아침에 일어나 커피를 끓이려 주전자를 데우고, 아침을 먹고, 그러고 나면 이 꽃 저 꽃에 돌아다니며 놀기만 하는… 자기는 뭔가 다른 일을 좀 하고 싶다는 생각이 든 적 없어?"

"아니, 난 지금 이대로가 행복해."

"맞아, 그건 나도 그래. 하지만 우리는 나이가 들어가고 있잖아. 날아다니는 게 점점 더 힘이 들어. 비가 오고 바람이 부는 날이면 더 그렇고. 게다가 아기 꿀벌을 가졌으면 좋겠다는 생각을 오래 전부터 해왔어. 마음에 가득 넘치는 이 사랑을 누구에게 쏟아 부어야 할지… 한참 뜸을 들이다가 빌리, 말해봐. 우리는 어떤 사이야?"

"뭐?"

"우리가 한 일이 뭐야? 하긴 수십 년 전부터 아는 사이였고, 그동안 아주 많은 일을 같이 해온 건 사실이야. 기쁠 때 같이 웃고, 슬플 때 같이 울고. 그런데 지금도 우리가 같이 사는 거 맞긴 맞아?"

"마야, 대체 무슨 말하는지 통 모르겠다."

"빌리, 그러니까 남은 게 뭐냐고. 우리가 한 쌍인 건 맞아? 관계를 나누고 있기는 한 거야? 날 섹시하다고 생각해? 다른 여자 꿀벌에 비하면 나를 보면서 아무런 감정도 생기지 않지? 아니면 마침내 자기는 동성애자가 된 거야?"

"마야, 그런 소리를 하니까 네가 무서워진다."

"자기를 겁주려는 게 아냐. 좀 껄끄러운 질문을 하고 있을 뿐이지. 서로 진하게 사랑을 나누는 다른 곤충들과 동물들한테서 들은 소리가 있어서 그래. 사랑에 겨워 어쩔 줄 모르는 커플들 말이야! 심지어 괴상하게 두 발로 걸어 다니는 곰탱이 같은 괴물, 시끄럽게 굴면서 모아놓은 꿀을 훔쳐가는 그 못된 동물도 무척 사랑하는 사이같이 보이더라. 그런데 우리 둘은 이게 뭐야?"

"글쎄, 혹시 내가 다정하게 구는 성격이 못되는 꿀벌이라서 그런가? 넌 한마디로 구제불능의 낭만파 꿀벌이고 말이야. 이제 얘기 그만두자. 사랑하는 내 여자 친구 꿀벌양, 저기 꽃동산에 가서 꿀이나 모으자고."

"그래, 그거야!"

"뭐?"

"바로 그 말을 듣고 싶었어! 지금 날 '여자 친구'라고 했지? 그래 알았어! 내가 그냥 우정을 나누는 여자 친구였구나. 자기한테 내가 어떤 의미인지 드디어 알았어. 난 그것을 분명하게 알고 싶었어. 비록 플라토닉 사랑이라도 어쨌든 우리가 관계를 맺고 있다는 거네. 알았어. 자, 그럼 밖으로 나가자. 내 친구, 단순한 꿀벌아."

애니메이션에 나오는 주인공, 아마도 세상에서 가장 유명할 한 쌍의 꿀벌이 30년이 넘도록 같이 지지고 볶다가 이제 와서 처음으로 자기들의 관계에 대해 이야기를 나누었다. 세상에! 유감이지만 이런 일은 많은 커플들 사이에서 심심치 않게 일어난다.

커플들은 애인과 지내면서 별의별 일을 다 겪는다. 그녀와 손을 잡고 여행길에 나서 온갖 곳을 돌아다니며 추억 쌓기를 하지 않나, 며칠이고 방구석에 처박혀 백수놀이를 하지 않나, 그이에게 모든 것을 다 주고 싶다가도 어느 새 줄까말까 망설이지를 않나, 격렬한 섹스를 나누다가도 어느 때는 닭살 돋는 밀어를 속삭이지 않나, 그러다가 수틀리면 쌍심지를 세우고 아웅다웅 다툰다. 이 모든 게 하나의 관계 속에서 일어나는 일이다. 이번 학기에는 세상에 존재하는 여러 가지 관계의 유형을 살펴볼 것이다. 친절한 우리가 연인관계에서 가장 빈번하게 나타나는 유형을 분류한 후에 특징을 간단하게 요약했다. 그 외에 연인관계마다 장점과 단점, 한계와 기회가 무엇인지 가르쳐주려고 한다. 지금부터 보게 될 여러 가지 유형 중에 적어도 하나는 당신이 현재 가지고 있는 관계이거나, 과거에 있었던 관계임을 보장한다.

커플들이 어떤 유형이 되는가는 외부의 영향에 의해 좌우된다. 그래서 우선, 관계가 형성되는 근원에 대해 간단한 보충을 준비했다.

사람들은 항상 모범상을 근거로 자신의 관계를 만들려고 한다. 모범상은 긍정적일 수도 있고 부정적일 수도 있다. 부정적인 경우를 보자. '걔들처럼 나쁜 관계, 늘 싸우기만 하는 관계, 서로 엄청 속을 썩이는 관계, 모든 것을 잃어버린 관계'는 결코 되려고 하지 않는다. 이 부정적 모범상은 반대결정을 내릴 때 기준으로 삼는다. 보통 '그렇게 되지는 않겠다'라고 말한다.

사랑과 연인관계에 가장 큰 영향을 미치는 사람은 누구일까? 벌써 짐작이 가리라. 최우선순위에 있는 사람은 부모, 어머니와 아버지 중에 한 쪽, 나를 길러준 사람들이다. 이들이 아니면 그토록 오랜 시간에 걸쳐 사람과 같이 지내는 태도와 사회적 태도 등 여러 관계의 모습을 어디서 지켜볼 수 있으랴? 이들에게서 얻은 경험이 내면에 깊게 새겨진다. 그렇게 내면에 새겨진 인상에 의해 관계를 맺는 태도는 두 가지 방향으로 갈라진다.

1. 모범이 되는 커플이 유지해온 방식을 그대로 모방해서 산다.
2. '집에서' 배운 식으로 살지 않으려고 그와 반대되는 온갖 일을 시도한다.

내가 어떻게 하겠다는 결정은 무의식중에 일어난다. 그래서 지금도 부모의 관계가 현재 내가 맺고 있는 관계에 큰 영향을 미친다는 사실조차 모르고 있을 수 있다.

♥ 연인관계의 유형

지금부터 30가지 관계의 유형을 소개하겠다. 우리가 상담하는 현장에서 만난 연인관계의 모습과 그들이 사는 방식을 보여줄 것이다. 세상에서 연인관계보다 더 '다채로운' 관계가 있을까? 여기에 소개되는 관계를 보면, 모두다 장단점이 있다는 사실을 알게 될 것이다. 그러나 어떤 유형이 '옳고' 어떤 게 '나쁘다'를 평가하려는 게 목적이 아니다. 관계가 지속되는 한 평가는 완결될 수가 없으며, 그 평가 또한 주관적이고 한시적인 판단일 수 있기 때문이다. 당신이 열다섯 살쯤에 '연인들은 이럴 거야'라며 그려보던 상상을 혹시 지금도 기억하는지? 어릴 때 하던 상상과 현재 가지고 있는 상상을 비교해보면 틀림없이 몇 가지는 달라졌을 것이다. 게다가 친구나 가족 또는 이웃이 가지고 있는 관계를 비교해보면, 옳고 그른 관계가 존재하지 않는다는 점을 분명히 알 수 있다. 다만 '나에게 좋은 관계' 또는 '나에게 좋지 않은 관계'만 있을 뿐이다. 혹은 '나에게 어느 부분은 좋고, 어느 부분은 나쁜 관계'라고 하는 게 더 나을 것이다. 이런 이유로 각각의 관계마다 우리가 판단한 한계와 기회를 제시했다. 언뜻 보기에 "그런 식으로 살면 안 돼!"라고 말하고 싶은 관계에도 예외 없이 장단점이 있다고 본다. 다 읽고 난 후에 연인관계는 여러 가지 유형이 섞여있는 혼합형이라는 생각이 들 수도 있다. 맞는 이야기다. 사실 대부분의 관계는 혼합형이다. 읽는 동안에 당신이 알고 있는 여러 커플들의 모습이 주마등처럼 흘러갈 것이다. 자, 그럼 연인관계의 30가지 유형을 훑어보자.

126 · *Love Academy*

1. 낭만적 관계

2. 외도를 허용하는 관계

3. 뒤섞인 관계

4. 의존 관계

5. 독점 관계

6. 옛 애인 망령 관계

7. 타협을 모르는 관계

8. 머리는 하나, 엉덩이는 둘인 관계

9. 침묵 관계

10. 회피 관계

11. 수도자 관계

12. 취미생활을 위한 관계

13. 욕설을 퍼붓고 싸우면서도 사랑하는 관계

14. 자비로운 보살 관계

15. 헌신 관계

16. 중요한 건 '같이 있다는 것'이라는 관계

17. 고르고 또 고른 관계

18. 보험 관계

19. 생산마감직전 관계

20. 더블섹스 관계

21. 완전개방 관계

22. 가족우선 관계

23. 이성적으로 판단한 관계

24. 섹스지상주의 관계

25. 삼각관계

26. 심리치료 관계

27. 쇼맨십 관계

28. 보상 관계

29. 희생양 관계

30. 학대 관계

1. 낭만적 관계 – 사랑은 한 편의 아름다운 시다
"그이는 마치 하늘에서 내려온 천사처럼…"

동화에 나오는 낭만적 사랑을 꿈꾸어보지 않은 사람이 있을까? 우지끈 사슬을 끊고, 높은 벽을 단숨에 뛰어넘고, 흉측한 괴물에서 멋진 왕자로 변신하고, 고통으로부터 구원하고, 죽음을 전혀 두려워하지 않는 사랑. 낭만적 사랑이 보여주는 숭고한 이상은 그러나 현실에서는 오직 단편적으로만 나타난다. 그래서 낭만주의자들이 어려운 것이다. 그들은 매력적인 대상이 눈 깜짝할 사이에 사라져버리는 경험을 자주 한다. 낭만적인 사랑에는 인내하고 포기하는 자세가 갖추어져야 한다. 낭만주의자들도 자주 실망에 빠진다. 상상했던 것과는 달리, 나를 죽도록 사랑해주지 않기 때문이다.

"정말 실망이야. 자기는 날 더 이상 사랑하지 않아!"

"왜 그래? 대체 왜 그런 생각을 해?"

"그렇게 묻는 것 자체가 나한테 너무 큰 상처가 돼. 몇 년이나 같이 지내면서도 자기는 나를 너무 몰라. 그거 알아? 내가 사랑을 구걸해야 한다는 게 너무나 비참해."

"자기, 그게 무슨 말이야. 내가 사랑한다는 거 알고 있잖아."

"사랑한다고? 그럼 어떻게 나더러 '요즘 어떻게 지내냐'고 물을 수가 있어? 사랑하는 사이라면 다 알고 있어야 하는 것 아냐? 꼭 말을 하지 않더라도!"

어휴, 현실에서는 아무도 그렇게 살지 않는다. 물론 때로는 말을 하지 않아도 생각이 일치하는 쌍도 있다'말없는 관계' 참조. 하지만 사랑의 특징은 무엇보다 서로 대화를 나누고, 표현하고, 적절한 대답을 주는 것이다.

한계

- 현실성 상실.
- 이상이 충족되지 않으면 우울한 감상에 빠진다.
- 지나친 기대로 애인을 숨막히게 한다.

기회

- 넘치는 환희. 심장박동에 좋다.
- 진한 감동과 내적 결속.
- 마음에서 우러나는 보살핌.
- 의협심을 발휘해 헌신적인 행동을 할 자세와 능력.

2. 외도를 허용하는 관계 – 사랑을 위해 꾹 누르고 참아줄 수 있다
"남자들은 다 바람둥이야."

남성뿐 아니라 여성들도 마찬가지로, 쾌락을 찾는다며 밖에서 나돌면 상대방에게 상처를 줄 수 있다. 남자냐 여자냐를 떠나 애인관계라면 보통 그런 태도는 받아들여지지 않는다. 자신은 외도 따위에 눈을 돌리는 사람이 아니고, 왜 그래야 하는지 도대체 이해조차 할 수 없기 때문이다. 그런데 상처가 됨에도 불구하고 상대방에게 외도를 허용할 때가 있다. 잘못하다 영원히 잃게 될까 두렵기 때문이다. 이런 관계는 시간이 지나면 매우 심각한 위기에 이를 소지가 다분하다. 그리고 대부분은 마지못해 받아들이는 쪽이 극심한 고통에 시달린다. 비록 밖에서 술 먹고 노는 짓을 이해한다고 쳐도, 애인이 다른 사람과 섹스를 한다면 이야기는 또 달라진다. 결국 "왜 참고 있는가?"라는 질문밖에 남지 않는다. 균형이 어긋났다고 밖에 할 수 없는 관계다.

"오늘도 사무실에서 늦게까지 일해야 돼."

"또 그 여자한테 가는 거야? 이번 주에만 벌써 세 번째야. 게다가 오늘은 토요일이란 말이야. 애한테 자전거를 사 주겠다고 약속했잖아."

"제발 애들 앞에선 얘기 좀 하지 마, 자기야."

"애들은 방에 있으니까, 지금 얘기해도 들리지 않아. 그래, 그 잘난 사무실 이야기 좀 자세히 들어보자…"

"곧 괜찮아질 거라고 약속해. 하지만 지금은 어쩔 수 없어. 내가 자길 사랑한다는 것 알고 있잖아."

"어쨌든 저녁 때까진 꼭 돌아와."

한계

- 신뢰를 잃는다.
- 굴욕을 당한 느낌에 사랑이 서서히 파괴된다.
- 밖에서 나도는 상대방에 대한 경멸과 증오가 잠재의식 속에서 끓어오른다.
- 마지못해 참는 쪽이 우울증에 빠질 위험이 있다.
- 소외감이 점점 커진다.

기회

- 이쪽 저쪽을 다 가지고 있는 상대방을 멋있는 사람이라고 여길 수 있다.

- 잠깐의 연애행각은 자신들의 관계에서 결핍된 것을 알려줄 수 있다.
- 외도를 끝내고 다시금 정신 차리기를 바랄 수 있다.

3. 뒤섞인 관계 – 사랑이 누가누군지 혼동된다

"우리 둘은 하나야."

서로에 대한 소속감이 지극히 강하게 표현되는 특이한 형태를 '뒤섞인 관계'라고 한다. 이런 관계에 있는 사람들은, 한쪽이 너무 가까운 사이라고 느끼다 못해 차라리 상대방의 일부가 되기를 바란다. 이들은 서로의 생각과 느낌을 속속들이 다 알고 있다는 착각에 빠져 산다. 심지어 며칠 정도는 상대방을 대신해서 직장에 나가도 아무도 알아채지도 못하고, 생활에 아무 문제도 없을 것이라고 여긴다 사람들의 눈이 없을 경우겠지만…. 내 애인은 어떤 상황에서 어떤 반응을 한다, 어떤 대답을 한다, 당황하면 손톱을 물어뜯는 버릇 등을 낱낱이 안다.

"자기야, 너, 아니 나…"

"할 말 있어?"

"응, 어떻게 알았어?"

"그냥. 더 얘기해봐. 뭔데?"

"있잖아, 자기 여자 동료랑 저녁식사하는 것 때문에…"

"같이 가고 싶지 않은 거구나? 그녀가 새로 사귄 남자에게 구경거리가 될까 봐? 자기는 거짓말은 눈곱만큼도 못하는 사람이니까 그냥 집에 있고 싶겠지. 마음에도 없는 말을 억지로 하는 불편한 상황에 처하느니보다는 말야. 내 말이 맞지?"

"자기야, 어쩜 그렇게 내 마음을 잘 알아? 그래서 늘 깜짝 놀라잖아…"

"그 정도야 척하면 삼천리지. 사랑해. 하지만 같이 가야 돼. 동료의 남자친구는 지금 영국 박람회에 가 있으니까…"

한계

- 이런 관계만이 행복한 연인관계라고 생각하는 사람은 너무 높은 기대치를 가지고 있다.
- 어느 정도 애인과 동화되는 것은 정상이다. 하지만 자신만의 개성을 유지하라. 그래야 동등한 위치에 있는 애인이 되며, 늘 관심을 불러일으키는 사람이 된다.
- 이 관계에서는 상대방의 모든 것을 죄다 알고 있다는 생각이 든다. 바로 이런 생각이 사람을 협소하게 가두는 작용을 할 가능성이 있다.

기회

- 완벽한 신뢰
- 완벽한 이해
- 최고의 친밀감

4. 의존 관계 – 사랑이 목적을 위한 수단이다

"당신이 없으면 난 아무것도 아니야."

의존 관계는 참 어렵다. 왜 어려운가 하면, 시간이 지나면 양쪽에서 사랑의 견적이 더 이상 나오지 않기 때문이다. 이때 큰 불이익을 당하는 사람은 의존하는 쪽이다. 그쪽은 상대방을 병적이다시피 절절히 사랑하기 때문이다. 짝에게 강한 역할을 짐 지우는 데는 원인이 있다. 어린 시절의 경험에서 비롯된 상실에 대한 공포가 잠재적으로 작용하기 때문이다. 이런 관계유형에서 '강한' 쪽도 결코 간단치 않다. 이 관계에는 지배하는 사람이 존재한다. 지배하는 쪽은 어쩌다보면 약한 쪽을 쓰러져 드러눕게 만드는 경험을 하고, 그 일에 대해 물심양면으로 보상해야 하는 일이 생긴다. '허약한' 쪽은 약한 척하면서 이런 상황을 쉽게 이용할 수 있다. 약한 쪽은 사랑하는 사람을 위해 껌뻑 죽으며 모든 것을 바치려는 시늉을 한다. 이 상황에서 '강한' 쪽은 이익을 보려는 생각은 눈곱만큼도 하지 않는다. 대신에 약한 쪽과 더불어 진정한 사랑을 나누는 관계를 이끌어가야겠다고 마음을 다잡는다. 그러면 이 일 또한 허약한 쪽에서 큰 부담이 된다며 징징거리며 엄살을 부릴 가능성이 있다. 자기가 상대방의 행복과 고통에 대해 말할 수 없이 큰 책임을 느낀다는 식으로 과장하며.

"정말 크리스마스에 우리 집에 못 오는 거야?"
"오빠가 말했잖아. 회사에서 하는 파티 때문에 못 간다고. 부모님께 잘 말씀 드려줘."

"어떡하지… 엄마, 아빠가 실망하시겠다. 잔뜩 부풀어 계신데. 오빠 좋아하는 음식이 뭐냐고 나한테 몇 번이나 물어보셨거든. 엄마가 있는 솜씨 없는 솜씨 잔뜩 부리려고 했나 봐."

"그래서 내가 미리 말했던 건데… 요즘 회사가 엄청난 계약 건 때문에 전체 단결 분위기라서, 파티에는 빠질 수가 없거든."

"그랬구나. 그럼 나도 회사 파티에 갈 준비나 해야겠네?"

"아니야. 이번 크리스마스 파티는 동반자 없이 그냥 직원들끼리만 하게 되었다니까. 계약 건 때문에 비용도 절감해야 하고, 또 비상이 걸려서 파티 겸 회의 겸 단합대회 분위기가 될 거야."

"그랬지, 참… 미안해. 듣고도 잊어버렸네. 내가 정말 바보 같지? 내 생각만 하고. 철딱서니 없고 이기적이고. 난 왜 이 모양일까…"

"왜 그래? 우리 이쁜이가 무슨 잘못이 있다고. 오빠가 미안하지. 대신 내가 부모님께 말씀 드릴게. 그리고 파티에서도 좀 일찍 나와 보도록 할게. 이제 됐지?"

한계

- 양쪽에 어마어마한 부담이 지워진다.
- 두 사람은 미성숙에서 벗어날 수 없다.

기회

- 허약한 쪽이 의존하는 역할을 깨닫고, 방향을 전환해 스스로 강

해질 수 있다.

- 강한 쪽은 자기도 약한 모습을 보일 권리가 있다는 사실을 깨달을 수 있다.

5. 독점 관계 – 사랑이 고립된 섬이 되다
"우리 둘만으로 충분해."

'독점 관계' 는 직장일과 화장실에서 볼일 보는 일을 빼놓고는 상대방의 시간을 몽땅 독차지해야 직성이 풀린다. 친구, 가족, 스포츠, 취미생활로 시간을 뺏기는 건 어림도 없는 일. 사실 새로이 사람을 사귀고 관계를 맺기 시작할 때 친구나 평소의 관심사에 소홀하게 되는 건 지극히 정상이다. 그러나 시간이 지나면, 둘만의 사랑에 눈멀고 귀가 먼 상태에서 다시 사회생활로 돌아와 불충실했던 부분을 메우기 마련이다. 하지만 독점적 관계는 절대로 예전의 상태로 돌아가지 않는다. 오직 상대방과 자신만 필요할 뿐이다. 토요일 오후마다 친구들과 카페에 앉아 수다를 떨던 일, 업무가 끝나고 동료와 같이 일주일에 한 번 배드민턴을 치는 일을 둘만의 시간표에 포함시키지 않는다. 어쩌다 절친한 친구의 생일이 되면 몇 시간 정도는 그 자리에 나타나기는 한다. 하지만 거기서도 둘이 의자 하나에 딱 붙어 앉아 얼굴을 맞대고 자기들끼리만 속닥거린다. 무엇 때문에 다른 사람을 끼워야하겠는가? 이런 '딱풀 연인' 이 실제로 있다.

"왜 그런 얼굴을 하고 있어?"

"아, 글쎄. 카이가 전화를 걸더니 되게 이상하게 구는 거야. 다른 얘기를 하면서 계속 불편하게 굴더니, 결국 그때 얘기를 또 꺼내잖아. 내가 우리 3주년 기념 여행 떠나느라 자기 박사학위 수여식에 참석하지 않았던 것 말야. 그 일로 아직까지 화가 났나봐. 그래도 제일 친한 친구였는데."

"그 사람이 그러면 안 돼. 제일 친한 친구라는 사람이 그쯤은 이해해야 되는 거 아냐? 당신 인생에서 자기보다 내가 더 중요하다는 사실을 지금쯤이면 받아들여야지! 그런데 사실 나도 내 친구 멜리하고 똑같은 문제 때문에 골치야. 자기들은 연애 안 하나? 왜 이해를 못하는 거지?"

한계

- 소홀한 태도로 친구들을 잃을 가능성.
- 한쪽이 다른 쪽을 고립된 상태로 만들 위험성. 오로지 둘만의 시간을 보내자고 고집하는 데서 생긴다.
- 두 사람이 헤어진 후에 보면, 친한 친구가 하나도 남아있지 않는다.

기회

- 두 사람의 결속력과 친밀도가 최고조에 달할 수 있다.
- 업무와 일상사 이외에도 차분하게 사랑과 열정을 이어나갈 시

간이 얼마든지 있다.

6. 옛 애인 망령 관계 – 사랑이 물귀신처럼 물고 늘어진다
"난 당신의 옛 남자가 아니라고."

막 사귀기 시작한 연인들의 머릿속에 옛 애인의 망령이 헤집고 돌아다닌다. 현재의 새로운 관계에서 끊임없이 예전 애인과 비교를 하거나, 이젠 과거사가 되어버린 옛 애인만이 충족시켜 줄 수 있었던 것을 상대방에게 요구한다. 참으로 옳지 못한 처사다. 왜냐하면 첫째, 두 사람이 헤어진 데는 그만한 이유가 충분히 있었기 때문이다. 둘째, 우리 모두는 다행스럽게도 저마다 다른 사람들이기 때문이다. 극히 예외적인 경우에만 옛 애인이 할 수 있었던 일을 똑같이 충족시켜줄 수 있다. 하지만 사랑을 얻기 위한 일이라면 다른 것도 수없이 많다. 대부분 보면, 옛 애인 증후군에서 영향을 받는 부분은 정말로 소소한 부분에 지나지 않는다. 그런데 어떤 사람은 그 소소한 부분 때문에 한참 고생해야 한다. 그러므로 주의하자. 사랑의 계산에 있어 옛 애인이라는 요소를 항상 고려해야 한다는 사실을… 당신이 학교에서 지겨운 수학공부를 견뎌야했던 이유를 마침내 깨달을 것이다. 다 써먹을 데가 있기 마련이다.

이렇게 환상적인 스페인의 해변호텔에 와 있는데도 자기가 굉장히 우울해 보이는 이유가 뭐지? 내가 뭘 잘못한 거라도 있어?"

"아, 아니. 당신 때문에 그런 건 절대 아냐. 단지 그냥, 뭐, 잘 모르겠어. 뭐라고 말을 해야 할지…"

"나한테 다 말해도 돼. 내가 자기를 사랑한다는 거 알잖아."

"좋아, 그러면 말할게. 오늘이 옛날 여자친구 가비랑 계속 이어졌으면 10년째 되는 날이야. 그래서 좀 우울해지네."

"자기, 그거 알아? 다음 달이면 우리가 만난 지 2년이 돼. 대체 언제쯤 옛날 생각을 그만 둘 거야? 그게 나한테 상처가 된다는 것쯤은 알잖아?"

"그래. 옛날 일일 뿐이야. 하지만 내가 많이 얘기했잖아. 감춘 것도 아니고, 미련이 있는 것도 아니야. 단지 워낙 오래된 관계라 생각이 났을 뿐이야."

"당신은 날 사랑한다고는 하지만, 여전히 가비란 여자가 당신의 삶을 전부 지배하고 있다는 생각이 들어. 하지만 이 사실은 잊지 마. 당신이 그 여자를 떠났어. 왜냐하면 그 여자가 여행지에서 수영강사랑 눈이 맞아서 바람을 폈기 때문에. 그것도 당신네들 호텔 방에서! 참, 그때도 스페인에 왔었다고 했지? 그래서 더 생각이 났구나. 도대체 어디였던 거야?"

"그게… 이 호텔이었어. 지금 우리가 묵고 있는."

"뭐어? 당신 정말 미쳤구나. 그런 장소에 나를 데리고 와?"

"난 자기랑 같이 여기에 오면 모든 걸 잊어버릴 수 있을 거라고 생각했어. 하지만 그게 그렇지 않네. 5년 전처럼 똑같이 기분이 나빠.

호텔 프론트에서 물어보니까 수영강사도 이젠 없더라고. 그래도 여전히 불쾌해."

"당신, 이건 알아? 이젠 당신이 옛날 일에 푹 젖을 시간이 충분하다는 거. 내가 다른 호텔로 옮길 테니까. 당신이 그 거지같은 옛 애인을 완전히 잊을 수 있다는 생각이 들면 문자를 보내. 그럼 안녕."

한계
- '옛 애인 요소'가 두 사람의 관계에 엄청난 부담을 준다.
- 옛 애인 망령에 의해 고통을 당한다.
- 개선되지 않으면 이 관계는 째깍거리는 시한폭탄이다.

기회
- 과거의 망령을 둘이 힘을 합해 물리칠 수 있다면, 분명히 행복한 단계로 넘어갈 수 있다.

7. 타협을 모르는 관계 – 사랑이 조금도 변화를 주지 못한다
"화요일에는 빠질 수 없는 정규모임이 있어."

예부터 이어져 내려온 전통, 취미생활, 사회적 관례를 반대하자는 게 아니다. 그러나 진지하게 생각해보자. 연인관계도 어느 정도는 일이라 할 수 있으며, 유연성, 이해, 타협할 자세를 요구한다. 그럼으로써 뭔가를 얻는 것이다. 만일 새로 사귄 애인을 위해 지금까지 해오던 싱글생활에서 조금이라도 벗어날 마음이 없는 사람은 첫째, 귀머거리다. 그는 연인관계란 서로 나누는 사이라는 말을 아직도 듣지 못했기 때문이다. 둘째, 그는 무척 자기중심적인 사람이다. 이런 사람이 건강한 이기주의자가 아니라는 사실을 기억하는가? 타협을 모르는 관계에 있는 사람은 상대방을 사랑한다면서도 기껏 주말에 한 번 정도 만나는 것으로 족하다. 그렇지 않은가? 양측이 이런 관계로 사는 것에 의견이 일치한다면 문제가 없다. 하지만 한 쪽이 상대를 잃을지도 모른다는 불안감 때문에 상대방에게 그런 자유를 허용하는 경우라면 좋지 않은 관계다.

"여보세요, 자기? 나야. 오늘 내가 엄청 야한 속옷을 샀거든. 그걸 잠깐 입어보려고 하는데, 내 말이 무슨 말인지 알지… 몇 시에 올 거야?"

"아, 당신, 안 그래도 막 전화를 하려던 참이야. 칼레와 마체가 시내에 나왔다는데, 방금 그 친구들하고 맥주 한잔 하자고 약속했어. 그럼 만나는 건 내일 핸드볼 연습이 끝나고 저녁 때나 볼까…"

"하지만 오늘 나랑 만나기로 약속했었잖아. 내일 저녁에는 내가 학원에 가야하고. 4주 전에 벌써 말한 거야."

"아이고, 그걸 또 까먹었네. 그럼, 이번 주말에 만나자."

"칼레와 마체는 최소한 일주일에 한 번은 시내에 나오잖아. 그 친구들을 다음에 만나면 안 돼? 난 정말로 자기가 보고 싶어. 벌써 4일이나 지났단 말이야."

"안 돼, 자기야. 약속을 취소하는 건 내키지 않아."

"그래그래, 중요한 건, 자긴 내 약속은 언제나 아무렇지도 않게 깨버릴 수 있다는 사실이지. 그럼, 남자들하고 실컷 놀라고."

"여보세요? 자기야, 전화 끊었어? 나 참, 꼭 이렇게 심술을 부려야 하나. 이 여자는 내가 필요하다고 생각하는 일에 대해 이해심이라곤 털끝만큼도 없다니까."

한계

- 타협할 자세를 갖춘 짝이 고통을 받는다.
- 물러서지 않는 부분의 간격을 좁히지 않으면 머지않아 종말이 예견된다.

기회

- 사실은 아무것도 없다. 타협하지 않는 쪽은 행복하다. 왜냐하면 평소에 좋아하던 취미를 그대로 누릴 수 있기 때문에. 그러면서 차별당하는 쪽에게 미안한 생각도 갖지 않는다.

8. 머리는 하나, 엉덩이는 둘인 관계 – 사랑이 나를 없앤다
"우린 둘 다 맥주를 싫어해."

사랑은 많은 것을 변화시킨다. 심지어 그 사람의 고유한 개성까지.

이 관계를 나누는 연인은 어느새 '우리' 가 된다. 두 사람 다, 혹은 적어도 한 사람이 상대방과 자신을 완전히 동일시함으로써 언어상으로는 완벽한 하나가 된다. 모임에 나갈 때도 꼭 두 사람이 같이 나간다. 미장원에 앉아 있을 때라도 예외란 없다. '우리' 가 휴가를 떠났던 일에 대해 이야기하고, '우리' 가 프레젠테이션을 완벽하게 했다며 뻐기기도 한다. 그런데 웃기는 일은, 세무서에서 독촉장을 무시한 사람이 누구냐고 물을 때는 그 자리에서 즉시 '그 사람' 또는 '그녀' 로 갈라진다는 사실이다. 아마도 다음과 같은 말은 입에서 나올 수 없을 것이다. '우리가 옆집 여자와 사귀다 배신했어.' 보라, 꽤나 일관성이 없지 않은가?

"얘들아, 축하해줘. 우리 승진했어."

"무슨 소리야, 너는 프리랜서잖아… 아, 너희 남편?"

"그래. 이번에는 진짜 경쟁이 치열했거든. 얼마나 노심초사 했는지 몰라. 그래도 우리가 해냈던 성과들이 있으니까 당당하게 차지한 거지. 너무 신나."

"축하하는 의미로, 맥주나 마실까?"

"아니, 와인으로 하자. 우리 요즘 맥주 안 마셔. 우리, 다이어트에 돌입했거든."

한계

- 고유한 개성 상실.

- 상대방과 하나가 되면 신뢰와 친밀감은 있겠지만, 상대방에 대한 섹시한 매력은 슬슬 사라진다. 당신이라면 자기 자신과 같이 자고 싶겠는가?
- 지나치게 '우리'에 대한 이야기를 많이 하면 주변사람들이 싫어한다.

기회
- 상대방과 100% 완벽한 일치를 이룰 수 있다.

9. 침묵 관계 – 사랑이 일상의 습관이 되다
"……"

가끔가다 동료와 나눌 화제꺼리가 뚝 떨어질 때가 있는가? 친척 댁을 방문해 할머니와 마주앉은 자리에서 오후가 지루하지 않을 얘깃거리를 끌어내기 어려운 때가 있는가? 이처럼 할 말이 없어 막막한 상황은 누구나 다 겪는다. 이는 인간적인 일이고, 원칙적으로는 문제가 없다. 그러나 같이 살고 있는 사람과 아무 말 없이 지내고 있다는 사실을 문득 깨달았을 때는? 레스토랑에 갈 기회가 있으면 저쪽에 앉아있는 한 쌍이 다정하게 웃고 재잘거리면서 사방에 행복감을 퍼뜨리는지 유심히 지켜보라. 만일 그렇지 않다면 그들은 '말없는 관계'로 사는 사람들이다. 그 원인은 무엇일까? 우선은 상대방에 대해 속속들이 다 알고 있기 때문인 것 같다. 혹은 일주일 전에 엄청나게 싸우고 난 뒤, 공식적으로는 화해를 했지만 마음속에는 여전히 앙금이 남아 있는 사람들이다. 아직 기분이 상한 상태에 있으면서 '입을 다물고 있으면 미안하다고 사과를 하겠지'라고 생각하는 중이다. 또는 완전히 황폐해진 것이다. 그렇다면 참으로 유감이다. 결코 돌이킬 수 없는 귀한 시간을 썩히고 있으니 말이다. 그러나! 말없는 관계에도 행복한 케이스가 있다. 두 사람은 말을 하지 않아도 서로 이해한다. 아주 간단하다. 이들은 '밥 먹었니?', '밥 먹자'라는 말 외에는 정이 넘치는 애무와 애정표현은 필요치 않다고 생각한다.

안켈리카와 베른트가 아침을 먹는다.

"……"

"……"

"이거 맛있네."

"……"

"사무실 옆에 있는 가게서 샀어."

"……"

"……"

"나가야지."

"응."

한계

- 두 사람이 계속 따로 논다.
- 사소한 문제는 이야기하지 않는다.
- 두 사람 사이에서 이야기가 없으면, 다른 데 가서 이야기 상대를 찾는다.

기회

- 지겨울 정도로 말을 많이 할 필요가 없다.
- 말을 하지 않아도 서로 이해할 수 있다_{잘 이해한다는 조건에 한해}.

10. 회피 관계 – 사랑이 사소한 일을 계속 죽인다
"어떤 문제 말이야?"

회피는 매혹적인 면이 있다. 일부러 말을 붙여 간섭해야 할 문제를 어느 정도 시간을 두고 외면하니 편하다. 그러나 영원히 피할 수는 없는 법이다. 불편한 이야기를 꺼내지 못하는 성격은, 흔히 자라난 환경과 어릴 때 겪은 문제와 관련이 있다. 이런 성격의 대표적인 특징은 내숭떨기, 입을 꾹 다무는 태도, 열등감 콤플렉스로 나타난다. 문제가 되는 것은, 특히 육체적인 부분을 포함해, 아주 내밀한 문제를 회피할 때다. 상대방이 당신을 피한다는 것을 알아챘다면, 화가 나는 일을 그냥 꾹 눌러버리는 실수는 하지 말라.

"자기랑 얘기 좀 해야겠어."

"그래, 뭔데?"

"자기가 어떤 반응을 보일지 모르겠지만, 이번만은 도저히 봐줄 수가 없어."

"앗, 왜 그래? 무슨 말 하려는지 겁난다."

"말하자면, 당신은 친구들 앞에서 나를 너무 어린아이 취급을 해. 단순하고 맹하다고 하잖아. 마치 혼자서는 커피 한 잔도 주문하지 못한다는 듯이 말이야."

"정말 내가 그랬어? 너무 미안해. 진짜 일부러 그런 건 절대 아냐. 근데 내가 언제 그랬어?"

"그러니까, 처음 그런 건 마이케와 율리아가 결혼식 하던 날이었어…."

"잠깐, 잠깐만. 걔네들은 벌써 2년 전에 결혼했잖아. 그러면 이 문제를 가지고 2년 동안이나 속을 끓였단 말이야?"

"글쎄, 모르겠어. 언젠간 자기가 스스로 알아챌 줄 알았거든."

"난 가끔 멍청하게 굴 때가 있어. 하지만 일부러 그러는 건 아냐. 알면서 당신에게 상처를 준 일은 없다고 생각해. 그러면 이렇게 하자. 우리 사이에 그런 일이 또 생기면 제발, 제발 얘기를 하도록 하자고. 알았지?"

"좋아."

한계

- 말로 표현되지 않은 갈등은 시간이 흐르면서 아주 심각한 문제가 된다.
- 회피하는 관계에 있는 사람들은 화해를 하지 못하고 좌절만 겪는다. 그 결과 심각한 질병에 걸릴 수 있다.

기회

- 갈등이 없다 _{우선은…}.
- 말하기 불편하고 내밀한 부분에 대해 이야기하는 법을 배울 수 있다!

11. 수도자 관계 – 사랑이 지고지순하기만 하다
"섹스는 너무 과대평가된 거야."

기독교 전통 안에서 관계를 맺으려는 사람이 섹스를 정신적인 면보다 차원이 낮은 것으로 여길 때, '수도자 관계'로 들어갈 가능성이 있다. 이 관계에서 섹스행위는 전혀 일어나지 않는다. 이른바 '요셉의 결혼'이라고도 하는데, 그 이유가 있다. 성경에서 요셉이 마리아의 남편이기는 하지만, 두 사람은 섹스를 한 번도 하지 않았다고 전해지기 때문이다. 이제는 가톨릭 교회법이 결혼의 현실성에 비중을 두어 페니스를 질에 삽입하는 행위를 인정할 필요가 있을지도 모른다. '요셉의 결혼'은 결혼이라고 불리기는 하지만, 사실상 결혼으로 간주하지 않는다. 그러나 신앙의 이유가 아니라 혐오와 무관심 때문에 섹스 없는 생활을 한다면, 두 사람 다 무지막지한 고통에 시달린다. 어떻게 수도자의 관계에서 다시금 불꽃 튀는 열렬한 관계로 돌아갈 수 있는지에 대해서는 9학기에서 알 수 있다.

"자기야, 한번 했으면 좋겠…"

"어휴, 나 너무 피곤해."

"나랑 더 이상 하고 싶지 않아?"

"물론 하고 싶지."

"말은 그러면서 왜 더 이상 섹스를 안 해? 요즘은 나를 안아주는 일도 거의 없잖아. 어제만 해도 일부러 야한 속옷을 입고 침대에 누워 있었어. 그런데 본 척도 안 하고 곧장 씻으러 가더라. 이젠 정열이 다 사라진 거야?"

"……"

"자기?"

"……"

"잠들었어?"

"……"

"얼씨구, 잘한다. 그래, 실컷 잠이나 자라!"

한계

- 섹스행위를 경멸하고 육체를 더럽다고 여긴다.
- 섹스에 대한 불안에 짓눌린다.
- 억지로 마지못해 할 경우, 소홀히 내던져진 쪽이 열등감과 소외감을 느낀다.

기회

- 두 사람 간의 친밀감을 다른 방향으로 표현할 수 있다. 오직 섹스를 통해서만 표현되는 것이 아니다.
- 의사소통을 나누고 둘이 함께한다는 것에 큰 가치를 둘 수 있다.
- 물질적이지 않은, 정신적 사랑의 차원으로 돌진할 수 있다. 물론 섹스를 동반한다.

12. 취미생활을 위한 관계 – 사랑이 매개체가 필요하다

"골프는 우리의 인생이야."

"골프를 치십니까? 아니면 아직도 섹스를 나누십니까?" 하고 물어보는 사람을 본 적이 있는가? 물론 농담이고, 실제로 이런 질문을 하는 사람은 없다. 혹은 있을까? 아무튼 두 사람이 같은 취미를 가지면 관계를 오래 유지하는 데 매우 좋다. 취미가 이런 역할을 할 때는 나무랄 게 없다. 좋은 관계를 유지하기 위해 당연히 필요한 일이다. 그런데 사귀기 시작한 지 얼마 되지 않는 따끈따끈한 연인들이 처음부터 취미에 광적인 열기로 뒤덮인다면 어떻게 될까? 바로 이럴 때 자못 걱정스러운 투로 '취미를 위한 관계'에 대해 말을 꺼내게 되는 것이다.

"프란츠."

"응?"

"이번 주말에는 DVD나 빌려놓고 온종일 보자."

"그래. 테니스 클럽에서 좀 일찍 나오지 뭐."

"아니. 그냥 이번 주에는 클럽에 가지 말자. 난 우리 둘이서 시간을 보내고 싶어. 둘이서만 주말을 보냈던 적이 없잖아."

"하지만 이번 시즌은 안 돼. 나는 임원까지 맡고 있는데 빠질 수가 있어야지. 그리고 이번 주 바비큐 담당은 당신 아니던가? 또 우리 둘다 커플 대회 준비도 해야 돼. 잊지 않고 있지?"

"그런 것쯤 다른 사람한테 맡겨버리자. 주말 내내 테니스장에서 사는 게 지겨워."

"왜 그래? 지루하지 않고 재밌잖아. 우리를 만나게 해 준 것도 테니스장이었다는 거 벌써 잊은 거야?"

"아니, 어떻게 잊겠어. 하지만 스포츠가 우리 관계의 전부 같아. 난 당신이 나하고만 결혼한 게 아니라 클럽하고 결혼했다는 생각이 들어. 죽음이 우리를 갈라놓을 때까지…."

한계

- 상대방을 제대로 알 시간이 없다.
- 한 쪽이 소외된다.
- 진정한 둘만의 생활이 없어진다.

기회

- 삶의 내용을 이루는 공동의 취미를 가질 수 있다. 더불어 공동의 미래도 물론 상황에 따라.
- 상대를 새로 알게 되는 기회가 얼마든지 있다.

13. 욕설을 퍼붓고 싸우면서도 사랑하는 관계 - 사랑이 전투다

"얼른 키스해, 이 개자식아!"

서로 무지막지한 욕설을 퍼부으며 싸움에도 불구하고 사랑하는 관계는 제삼자나 친구와 가족들을 괴로워 미칠 지경으로 만들면서도 막상 당사자들은 그렇지 않다. 세상의 온갖 적의와 분노가 터져 나오는 말싸움을 통해 보상된다. 한 사람이 사무실에서 기분 나쁜 일을 겪은 날에는 반드시 애인이 대타가 되어 가혹한 복싱장으로 끌려가는 거다. 이 경기를 위해 자주 애용되는 시합 장소는 부엌, 거실, 침실이 되겠다. 전투가 시작되는 순간, 양측이 다 일상에 억눌려 있던 기분을 터뜨릴 수 있다. 이때 제3자를 절대로 싸움에 끌어들이지 않는 것이 중요하다. 그런데 싸움이 항상 고정적인 한 사람에게서 시작될 경우는 '심각한' 문제가 발생한다. 대부분의 경우, "거기에 뭘 꾸물대고 있는 거야? 당장 집어치워!"라는 말이 신호탄이 되어 격렬한 말싸움이 시작된다. 가끔은 이런 '코끼리와 모기의 소리 지르기 시합'이 흥미로워 보이기까지 한다. 하지만 이것도 두 사람이 한계를 긋고 서로 존중할 때만 가능한 일이다.

"자기, 냉장고가 왜 냉장고인지 누가 당신한테 설명해준 적 없어? 냉장고는 생활용품이고, 음료수를 차게 식혀두기 위해 있는 거야. 그런데 냉장고 문을 열고 빌어먹을 그렇게 오래 죽치고 서 있으면 어떻게 냉장고가 제 구실을 하겠어!!"

"그러면, 자기야, 왜 냉장고에 문이 달려 있는지 누가 설명해준 적은 있나? 제길, 망할 것 같으니라고! 문은 냉장고를 열라고 달려 있는 거야!!!"

"멍청이!"

"바보!"

"돼지!"

"창녀!"

"미워죽겠어!"

"네가 더 미워!"

"야, 당장 섹스 해봐!"

"그래, 이년아, 이리와!"

한계

- 아무리 낯짝이 두꺼운 상대방이라도 언젠가는 심한 상처를 받고 응보의 대가를 치른다.
- 한 쪽이 항상 분노의 배출구로 이용될 수는 없다.
- 이 관계로 인해 주변사람이 두려움에 떨며 얼어붙는다.

기회

- 인간관계 치료요법을 통해 상황을 눈에 띄게 완화시킬 수 있다.
- 이 관계에서 욕설을 퍼붓고 날뛰도록 허용된 짝은 자신의 행동을 정당한 억눌림의 배출구라고 생각하고, 날이 갈수록 만족스러워한다.
- 어느 때고 급변하는 성격을 가진 짝은 상대방을 이해할 수 있고, 자기도 소리를 질러도 된다고 생각한다.

14. 자비로운 보살 관계 – 사랑이 구원자로 화하다
"그 사람이 너무 가엾어."

서로 간에 친절을 베푸는 인간의 본능은 칭찬할 만하다. 이웃에 대한 사랑, 기꺼이 도움을 주려는 마음, 선량함은 훌륭한 덕목이다. 그러나 '자비로운 보살 관계'에서는 이를 무한대로 과장한다. 구원자 증후근으로 축복을 받았다고 해야 할지, 저주를 받았다고 해야 할지, 아무튼 그런 사람이 있다. 이 사람은 딱하게도 유독 이방인이나 소외집단 또는 동정심을 불러일으키는 사람들을 보면 그 자리에서 사랑에 빠진다. 이 관계에서 생기는 문제는, 구원자 측의 사람이 마침내 관계가 사랑이 아니라 동정심으로 인해 생겼다는 사실을 깨달은 후에도 차마 끝낼 수는 없다고 여길 때이다. 이제 상황은 퍽이나 어려워진다. 약한 쪽에서 헤어짐을 감당할 수 없을 것이라는 불안감이 뭉클뭉클 솟아난다.

"자기, 오늘 하루는 어떻게 지냈나?"

"좋지 않았어. 스튜디오에서 짜증나는 일이 한두 가지가 아니었지 뭐. 다들 나만 못 잡아먹어서 안달이야. 그래서 지금 많이 울적해. 이럴 때 난 어쩔 수가 없어. 게다가 몸도 좀 아픈 것 같아. 열이 있나? 봐봐, 어떤 것 같아?"

"흠, 기다려봐. 아니, 열은 없는 것 같은데. 나도 오늘 좀 나쁜 일이…."

"그러더니 새로 입사한 동료가 나를 찾아와서는 앞으로 자기 전화선을 사용하지 말라는 거야. 어떻게 그런 일이 있을 수가 있어? 난 그 자리에서 엉엉 울고 싶은 심정이었어. 근데, 자기 뭔가 얘기하려 하지 않았어?"

"아니, 아니야. 얼른 침대에 누워. 오늘 저녁은 내가 만들지 뭐."

"어머, 너무 좋아. 사랑해. 난 자기가 정말로 필요해."

"알아, 안다고…."

한계

- '강한' 쪽은 자신의 욕구를 뒷전으로 미룬다.
- '약한' 쪽은 자신의 불쌍한 처지를 맘껏 이용할 수 있다.
- 편파성으로 인해 관계가 망가진다.

기회

- 약한 쪽이 힘을 얻음으로써 상대방과 '동등하게' 될 수 있다.
- 구원자 쪽은 의견을 주장하고 자신의 욕구도 만족시키는 법을 배울 수 있다.

15. 헌신 관계 – 사랑이 희생양을 요구한다

"사랑은 강요하지 않아."

낭만적 서정시의 세계로 들어온 당신을 환영한다. 티끌하나 없이 순수한 사랑이 존재하는 곳, 외적인 가치를 따지지 않는 세계, 오로지 사랑하는 사람을 구하겠다는 일념으로 눈 하나 깜짝하지 않고 죽음을 택하는 사람이 존재하는 곳. 살면서 황홀하게 보아온 영화와 소설 속으로 돌아간 듯한 기분이 들지 않는가? 이 세계에는 언제나 해피앤드가 있고, 선이 악을 무찌른다. 문학가와 영화시나리오 작가는 말한다. '바로 이것이 사랑이다.' 하지만 잠시 정신을 차려보자. 다른 종류의 사랑도 있다. 지금 얘기한 사랑은 인생에서 아주 짧은 시기에 잠깐 경험하는 것에 지나지 않는다. 예를 하나 들겠다. 15세기에 영주의 딸이 있었는데, 그녀는 고정된 직업도 없지만, 노후대책을 걱정할 필요도 없는 평탄한 삶을 사느라 지겨워 죽을 지경이었다. 그러니 그녀가 난생 처음 겪는 오르가즘을 위해 지겨워 죽을 해적 놈과 외딴섬으로 도망간들 문제될 게 없었다. 하지만 이런 삶의 모델은 오늘의 현실과는 눈꼽만치도 들어맞지 않는다. 사랑도 역시 외적 환경에 맞아야 한다. 그러므로 헌신에 있어서도 인간에게 가능한 척도를 들이대야 한다. 게다가 헌신 관계는 중세유럽에도 단지 부유한 사람들의 이상적 관계로서 존재했다. 그러니 우리는 위대한 사랑의 시간을 한껏 즐기라고 충고한다. 그러나 사랑 때문에 당신만의 인생목표를 묵살해 버리지 말라. 할리우드 영화를 줄이고, 생활의 테마를 늘리는 것이 도움이 되겠다.

"당신이 내 인생에 들어온 이후로 너무도 큰 행복에 취해 어찌할 바를 모르겠소."

"오, 내 사랑, 저도 그래요. 가족들이 나를 쫓아낸 것도, 옛 남자가 사정없이 두드려 패고, 개가 손가락을 물어뜯었던 것도 다 그만한 가치가 있었던 거예요."

"나도 같은 생각이야. 당신이 내 신분에 어울리기 않는다는 이유로 난 모든 것을 잃었어. 하지만 이제 억만장자 따위는 필요 없다오. 중요한 건, 내가 당신을 가졌다는 거니까." 배경음악으로 은은한 하프 연주가 쫙 깔린다.

"내 사랑, 이제 그만 자요. 조금 있으면 거리 미화원이 오니까 곧 이 자리를 비켜주어야 해요."

한계

- 욕구를 뒷전으로 물림으로써 자신을 부정한다.
- 자신의 헌신을 상대방이 맘껏 이용하는 화를 부를 위험이 있다.

기회

- 초기에 관계가 깊어진다.
- 타인을 위해 어느 정도(!) 자신을 포기한 사람, 자신의 욕구를 뒷전으로 물리는 사람은 인간적으로 성숙할 수 있다. 또한 '우리' 차원에 적합한 사람이 될 수 있다.

16. 중요한 건 '같이 있다는 것'이라는 관계 – 사랑이 불안을 없앤다
"혼자 있는 게 싫어."

절대로 혼자 있을 수 없는 사람들도 있다. 분명히 우리들 중에도 그런 사람이 있다. 어쩌면 아주 가까이에 있는지도 모른다. '절대로 싱글로 존재하지 않는 특수'의 대표자는 관계를 끝내고 한 달도 안 되서 즉시 새로운 짝을 대동하고 나타나 소개한다. "폴커는 리모델링 중개인이야. 우린 슈퍼마켓에서 우연히 알게 되었단다. 지금 같이 살 집을 찾고 있는 중이야." 이런 얘기를 들으면 뭔가 석연찮은 느낌이 든다. 그래서 이런 사람들에게 어찌 그리도 빨리 싹 잊을 수 있었냐고 물으면 다음과 같이 모호한 대답을 준다. "물론 마음이야 아프지만,

과거는 과거잖아." 또는 "왜 안 돼? 다 끝난 지가 언젠데." 당신 같으면 애인과 헤어져 만신창이가 된 채 다음번 관계로 비틀거리며 들어가고픈 마음이 생기지 않을 것이다. 이런 유형은 아주 오랫동안 관계가 지속되기도 한다. 이들에게는 끝낸 관계의 갈무리가 미처 다 되지 않았다는 사실이 전연 해가 되지 않는다. 가만히 보면, 이들이 새로운 관계를 맺는 원인은 사실 사랑해서라기보다는 혼자가 된다는 두려움이 앞선 때문이라는 생각이 많이 든다. 이런 유형은 어느 날엔가 사랑이 생겨나고 '혼자가 되기 싫다' 는 처음의 동기가 사라져야만 관계가 잘 유지될 수 있다. 그리고 과거에 대한 갈무리가 새로운 관계 속에서 진행될 수도 있다. 그러므로 급히 다른 사람에게로 넘어가는 일을 반드시 나쁘다고 볼 수는 없다. 이런 관계에 익숙한 사람은 조화로운 대가족 안에서 자랐고, 옆에 사람이 없이 산다는 것 자체를 상상할 수 없는 사람이다. 한마디로 말해, 혼자 있지 않다는 자체가 가장 중요한 것이다.

"그래, 뤼디거하고는 요즘 어떻게 지내?"
"아, 아직 못 들었니? 우린 더 이상 같이 살지 않아…뤼디거는 세 달 전에 나갔어."
"그러면 넌 괜찮아?"
"그럼, 최고야."
"좋아, 그럼 내가 보낼 소포에 너희 둘 이름을 다 쓸 필요는 없겠구나."

"그래, 그리고 예전 주소로 보내지마. 2주 전에 새 애인하고 이사를 했어."

"뭐? 에, 그러면… 그럼 소포를 어디로 보내야 하지?"

"부모님 집으로. 지금 당장 보내줘."

한계
- 나쁜 과거를 빨리 잊으려는 강박관념.
- 이별과 슬픔이라는 과정이 빠져있다.
- 자기 자신으로부터의 도피.
- 도피함으로써 뭔가 배울 기회가 거의 없다.

기회
- 이별의 고통을 최소화한다.
- 전보다 더 좋은 관계를 통해 상처를 치유한다.
- 고립된 기분이나 외로움을 겪지 않는다.

17. 고르고 또 고른 관계 – 사랑이 사회적 신분에 맞춘다

"그는 의사야."

"여보세요, 클루게 박사입니다."

"엄마, 저에요."

"어머, 아가! 반갑구나, 무슨 일이니?"

"엄마, 새 남자친구를 소개할까 하고요. 그 사람, 대학부속 병원의 과장이에요."

"아가, 집안에 과장 의사가 들어온다니! 정말 잘됐다!"

"예, 그렇죠? 집안도 좋아요. 부모님은 어린이보호협회 의장에다 뮌헨협회 주요인사시거든요."

"아버지가 얘길 들으시면 좋아하시겠다. 우리가 골프클럽에서 만남을 주선할 수 있을지도 모르겠네. 로터리클럽의 친구들도 아주 좋아하겠어."

"아이, 엄마. 하지만 이제 처음 만났는데 공식적으로 알리기에는 좀 그렇죠. 저는 그보다 우리 쪽에서 칸네스로 움직이면 어떨까 생각해요. 그곳에 그의 부모님 별장이 있어요. 그러는 편이 더 편할 것 같아요."

"좋은 생각이다. 아휴, 귀여운 아가."

"엄마, 그래도 전 마이크를 사랑했어요."

"하지만 아가, 그는 고작 수공업자에 막일꾼이나 마찬가지야!"

"알았어요, 그 일로 더 이상 싸우지 말아요. 다음 주말, 괜찮으세요?"

"물론이지. 우리 공주님. 내가 시간을 맞추마. 사랑스런 우리 아기가 과장 의사와 결혼을 하는데…."

훌륭하다! 진심으로 행복을 기원한다. 성사가 잘 되기만을 바랄 뿐이다. 과장 의사인 남편과 만족한 어머니. 본인도 그러길 원한다면야 물론 좋다. 당신도 알다시피, 다른 사람의 꿈을 대신 실현해 줄 수 있는 사람은 없으니, 반드시 본인이 원해야 한다. 비록 대화가 상투적이기는 하지만, 오늘날에도 비슷한 사회계층출신으로 이루어진 쌍이 오래 지속될 가능성이 많은 것이 여전한 사실이다. 물론 다른 사회계층 출신의 사람들로 이루어진 관계의 질이 더 좋을 수도 있다. 어쨌든 전체적으로 놓고 보면 이렇게 말할 수 있다. 사람은 으레 자신과 정반대되는 사람에게 매력이 끌리기는 하지만, 그래도 두 사람 사이에 차이점보다 공통분모가 더 많아야만 관계가 잘 이루어진다.

한계

- 강제적 결혼.
- 상대를 선택하는 데 있어 사회적 특권을 유일한 기준으로 삼는 것은 불행해질 가능성이 있다.
- 사회적으로 다른 계층을 경멸할 위험.
- 사회적으로 존경받기 위해 상대방이 이용된다.

기회

- 사회적으로 높이 인정받는다.
- 두 사람이 조화를 이룰 요소가 많다.
- 비슷한 의사소통체계를 가질 가능성이 크다.

18. 보험 관계 – 사랑이 노후대책이다

"그는 프랑스 해안에 멋진 별장을 가지고 있어."

30-60-90. 이상적 남편의 기준이다. 지갑에 30만 달러, 맥박은 60, 나이는 90세… 그러나 이 기준이 수백만 사람들에게 다 해당될 수는 없다. 게다가 별로 절절하게 마음에 와서 닿지도 않는다. 생활의 안정에 대한 욕구, 경제적 안정에 대한 욕구는 인간의 기본적 욕구에 해당한다. 안정욕구는 피라미드 층의 기초 부분 가까이에 위치하고 있는, 인간의 가장 중요한 기본욕구에 속한다. 그래서 실제로 많은 사람들이 관계를 맺는 이유로 생활의 안정을 꼽는 게 당연하다. 안정욕구가 높은 사람은 공무원, 견실한 사업가, 재산가, 병원을 운영하는 의사 등의 직업을 가진 사람이 남편과 아내감으로 좋다. 이런 '보험 관계'는 사람을 물질의 척도로 재는 만큼 열정은 낮다. 물론 백만장자를 진심으로 사랑할 수 있다. 그리고 그에게서 사랑을 되받는다면야 나쁠 게 없다.

"결정을 내리지 못 하겠어… 랄프는 사실 나에게는 완벽한 짝이야. 하지만 그 사람은 돈 벌 생각은 전혀 하지 않아. 그러기에는 너무나 예술가적인 몽상가니까."

"네가 무슨 말하는지 알아."

"그런데 얼마 전에 지금 사귀는 라인하르트를 만났지 뭐야. 돈 많은 사업가에다, 성숙하지, 현실적이지. 그 사람하고는 영원히 잘 지낼 수 있을 것 같아. 내 이성은 라인하르트를 선택하라고 하는데, 마음은 랄프에게 가 있어. 그러니 어쩌면 좋아? 결정을 못 하겠어⋯.”

“난 그건 시간이 좀 걸리는 일이라고 생각해. 좀 두고 보지 그러니? 하지만 언젠가는 결정을 해야지, 그렇지 않으면 네가 두 사람 다에게 잘못하는 것 아닐까? 안 그래?”

“나도 알아. 사실은 어느 정도 마음을 굳혔어. 하지만 내가 딱 잘라 결정을 내리려면 시간이 좀 더 필요할 뿐이지.”

“그러면 아무 문제도 없는 거네.”

“그렇게 생각하니?”

“물론이지.”

한계

- 사랑과 이해타산이 충돌한다.
- 부자는 목적을 위한 수단이 될 뿐이다.
- 멋있는 사람도 역시 목적을 위한 수단이 될 뿐⋯.
- ‘물질에 편승.’ 재산을 감정보다 우위로 놓고, 삶을 기만한다.

기회

- 경제적으로 보장된 생활.
- 남자 측에서는 좀 더 어린 여자를 찾겠지⋯.

19. 생산마감직전 관계 – 사랑이 의무전이 되다

"생물학적 시계가 끝을 알려."

통계적으로 보면, 40세가 넘은 여성의 임신은 젊은 여성에 비해 위험도가 높다. 그리고 폐경 이후에 아기를 갖는다는 일은 통상적으로 불가능한 얘기다. 이제 초조하기 짝이 없다. 많은 여성들은 40대에 이르면 성적충동이 현저하게 낮아진다. 어머니가 되는 것이 현재 인생계획에 포함된 여성들은 점점 나이가 들어갈수록, 정녕 적합한 아기 아빠가 부재할수록, 인생마감직전의 불안에 부르르 떨 수밖에 없다. 파트너선택권이 급격하게 감소하는 상황에서 어떤 여성들은 남들이 볼 때 절망행위로밖에 보이지 않는 결합도 서슴지 않는다. 한편 많은 남자들도 인생마감직전의 불안이라는 심리를 가지고 있다. 이 말을 들으면 의외라며 깜짝 놀랄지도 모르겠다. 남자들은 비록 나이가 많아도 생산을 할 수는 있지만, 아버지가 된다는 것은 단순히 아이를 생산하는 것보다는 더 큰 의미가 있다. 하지만 남자들이 아이가 없는 사실을 상대적으로 큰 문제로 여기지 않는 이유는 두 가지가 있다. 첫째, 남자들은 다른 여자에게서 '언제나 아이를 얻을 수 있다'고 생각하기 때문이다. 둘째, 여성에게 다른 성격의 사회적 평가기준을 전가하기 때문이다. '아이를 낳지 못하는 여성'이라는 통념이 주는 어감이 어떤가? 아이가 없는 남자에 비해, 아이가 없는 여자에게 사회적으로 다른 시선을 던진다는 사실을 보여준다.

"호주에서 60살이나 먹은 여자가 쌍둥이를 낳았다는군. 그런데 왜 우쉬는 안달복달인지, 도대체 이해를 못하겠단 말이야."

"나도 이해 못해. 그런데, 그녀의 나이가 지금 얼마나 됐지?"

"39세야."

"나 참, 그러면 아직 몇 년은 가능하겠네."

"그렇다니까. 그런데 난 아직 아이를 기를 준비가 안 됐어. 내 말이 무슨 뜻인지 알지?"

"그녀는 매일 똑같은 얘기만 늘어놓아. 지금 관계를 끝내겠다면 그녀로서는 아주 시기적절한 때라고 하겠지. 물론 그녀가 정말로 헤어지는 걸 원하지는 않겠지만. 15년 세월에 그녀를 훤히 알게 되었으니까."

"그래, 그런데 네가 그녀에게서 아이를 얻고 싶기는 해?"

"말하자면 그렇지, 하지만 지금 당장은 싫어."

"흠, 간단치가 않군."

"일이 어려워. 어쨌든 내가 조용히 생각할 수 있게 그녀가 아이 얘기 좀 그만했으면 좋겠어. 하지만 어쩐지 이 문제에서 도망갈 수 없을 것 같은 생각이 든다."

"그런 의미에서 한잔 하자고!"

"여기, 맥주 2병 더!"

한계

- 절망적 초조감은 삶에 도움이 되지 않는다.

- '이래야 한다'는 사회적 통념으로 상대방을 비난하면서 자신의 판단력을 상실할 위험이 있다.
- 아기 낳는 일 외에는 삶이 아무런 의미가 없다는 생각에 깊이 빠져들 위험이 있다.

기회
- 잘 들어맞을 경우에 그토록 소원하던 아기를 갖는다.
- 관계를 견실하게 맺기 위한 기폭제가 될 수 있다.
- 좋은 어버이가 될 상황을 마련할 수 있다.

20. 더블섹스 관계 – 사랑이 도취와 환각을 추구한다
"토요일에 스와핑 클럽에 가자."

고급 스와핑 클럽에는 남녀 혼탕사우나와 수영장이 갖추어져 있다. 그러니까 그냥 수영만 하려고 그곳에 가는 게 아니다. 믿거나 말거나. 그룹섹스, 은밀한 밀실, 음란증을 만족시키는 밤, 갖가지 사랑의 뷔페, 취미삼아 몸 팔기 등등. 시들해진 연인관계를 위한 온갖 다양한 메뉴가 제공된다.

"자기, 만약 우리가 다른 사람하고 섹스를 한다면, 그걸 어떻게 생각해?"

"어떤 식으로?"

"침대에서도 하고 그리고 또….”

"어머, 솔깃해지네. 우리 비안카와 마르켈하고 같이 해보자. 걔들은 늘 스와핑 클럽에 가더라. 걔들 엄청 섹시하지 않아?”

"물론 좋지. 나도 걔들하고 같이 하면 어떨까 하고 오래 전부터 상상해왔어. 걔네들은 어떻게 하는지 한번 보기라도 하고 싶었으니까.”

"진심이야? 자기, 은근히 추잡한 인간이네!”

"그럼, 자긴 안 그래? 하하하!”

"아하하하하하! 자기야, 잘 자!”

"뜬금없이 뭘 잘 자라는 소리, 이제 제대로 불끈 섰는데…”

"어휴, 저 짐승!”

짤막하게 끝낸 대화와는 달리, 이런 상상은 그 후로도 한참 뻗어나갈 수 있다. 도취와 환각상태를 경험해보자는 이들의 대화가 실제로 실천되었는지 결말을 내리지 않았기 때문이다. 그리고 이 이상 더 진전된 이야기는 일반사람들에게 다 해당하는 일은 아닐 것이다. 그러나 독일에는 현재 300곳이 넘는 스와핑 클럽이 성황을 이루고 있다. 이를 달리 해결하는 방법은 9학기에 나와 있다.

한계

- 윤리적 통념이라는 높은 장벽에 부딪힌다.
- 수치심에 사로잡힌다.

- 사회적으로는 거의 받아들여지지 않는다.

기회
- 애인과 함께 성적 환상을 마음껏 누린다.
- 두 사람 관계의 섹스가 개선될 수 있다.

21. 완전개방 관계 - 사랑과 섹스는 별개다
"인간은 천성적으로 일부일처가 아니다."

'완전개방 관계'는 두 사람 사이에 사랑은 남아있지만, 섹스와 정열은 사라져버리고 그것을 다른 곳에서 찾는 것을 말한다. 이들은 더블섹스 관계와는 달리, 에로틱한 모험의 세계를 파트너와 같이 나누려하지 않는다. 각자가 자신의 방법대로 오르가즘을 찾는다. 이 관계는 상황에 따라 불안해보일 수 있다. 많은 쌍들이 해결책 내지 대안이라고 내놓은 방법이 고작 비밀리에 유곽을 찾거나, 섹스가 없는 생활로 인해 잘못하면 갈라서는 결과로 치달을 수 있기 때문이다. 만일 두 사람 사이에 사랑의 힘이 매우 강하고, 더불어 사는 삶이 더할 나위 없이 행복하다면 왜 헤어지겠는가? 상대방에게 더 이상 육체적인 매력을 느끼지 못하면서도 섹스를 포기하기에는 마음의 준비가 되지 않았기 때문에? 사실을 숨기면서 넌지시 냄새만 풍기고 다니는 사람들은 완전개방 관계로 지낼 자격이 없다. 이 관계는 특이하게도 진실함이 둘을 묶어주는 역할을 한다. 그래서 잊어서는 안 되는 매우 중요한 사항이 있다. 이 관계는 두 사람이 서로 표현하려고 하며, 둘 중에 아무도 그런 일로 고통을 받지 않을 때만 유지된다. 완전개방 관계는 오직 사랑하는 짝을 잃지 않겠다는 이유만으로 사는 것이다. '개방'이란 결국 섹스에서만 다른 사람에게 개방되었다는 뜻이 아니라, '마음이 열리고 진실하다'는 뜻이다.

"당신, 스키장에서 보낸 주말이 어땠어?"

"아, 아주 좋았어! 눈도 근사하게 잘 깔렸고, 햇빛도 참 좋았어. 게다가 카를로스가 자신의 명성을 다시 한 번 과시했잖아. 그이는 진짜 정열적인 라틴계 연인이야."

"그래, 잘 됐다. 자기가 다시 돌아와서 참 좋구나. 오늘 특별히 당신이 좋아하는 파스타를 만들었다."

"어머, 맛있어. 나도 자기가 보고 싶었어. 그런데 당신 부모님 금혼식에 뭘 선물할까?"

한계

- 섹스파트너와 사랑에 빠질 위험.
- 고정적인 섹스파트너 및 섹스를 나누는 모든 사람들과의 안전 섹스를 위한 장치 필수.
- 사회적으로 용인되기 어렵다.

기회

- 진실함과 열린 마음이 살아있기에 관계가 더욱 탄탄하게 안정될 수 있다.
- 짝에 대해서는 정신적인 깊은 사랑이 있고, 다른 사람에게서 섹스환상을 충족함으로써 내면의 균형을 얻을 수 있다.

22. 가족우선 관계 – 사랑이 아이를 필요로 한다
"이제 드디어 완전해졌어."

"이봐, 거 있잖아. 유타하고 클라우스가 같이 산 지 얼마나 됐지?"

"아, 벌써 한참 됐지… 한 3년?"

"벌써 그렇게 오래 됐어?! 그런 줄 몰랐는데. 그런데 당신은 어떻게 생각해? 왜 그 둘 사이에 아무런 소식이 없는 거야?"

"나도 잘 모르지. 걔들이 언젠가부터 지지부진하게 진도가 안 나가네."

"글쎄, 좀 웃기는구만. 그렇지 않아?! 내가 아는 한 유타가 아이를 못 갖는 여자도 아니잖아. 그리고 클라우스도 멀쩡한 놈이고. 본격적으로 2라운드에 들어가 지금쯤 가족을 만들어야할 텐데…"

"잠깐만, 아이가 우는 것 같아."

"어제는 내가 얘를 돌봤으니까, 오늘은 당신 차례야."

"그래그래, 좋아, 내가 간다니까."

"그래야지. 당신이 가족을 원했으니까…"

아이들은 말할 수 없이 멋진 존재다. 엄마아빠들은 세상에서 아이와 비교할 수 있는 대상이 아무것도 없다는 사실을 잘 안다. 아이가 없는 쌍은 어떤 이유에서건 '반 토막', '미완성', '진도가 안 나가는'이라는 말로 낙인이 찍힌다 해도 과언이 아니다. 완성이라는 개념은 양적으로 충족되는 것이 아니라, 다 이루어졌다는 느낌에 의해 이루어진다. 인생의 꿈을 채우는 데 있어서 말이다. 둘만의 관계도 제법 완성된 것이라 할 수 있다. 다들 알다시피 뒤집어보면 가족 자체도 큰 결함이 될 때도 있지 않은가? '가족우선 관계'에서는 자녀에 의해 명칭이 정해진다. 자녀가 생기는 순간부터 남자는 늘 '아빠', 여자는 '엄마'라고만 불린다. 아무도 자기 아빠와 엄마하고 진한 섹스를 나누고 싶은 마음은 생기지 않는다. 그렇기 때문에 이런 '가족우선 관계'에는 왕성한 섹스 에너지가 모자랄 때가 많다. 따라서 이런 '엄마'와 '아빠'는 서로를 개인으로서 보는 법을 다시 배워야 한다. 예전에 서로의 이름을 불러 한 송이 꽃으로 화했던, 사랑했던 사람으로. 아이들 앞에서도 마찬가지다.

한계

- 섹시한 매력을 상실한다.
- 아이가 없는 사람들을 경멸할 위험이 있다.
- 헌신하는 부모역할을 할 아이가 없을 경우에 관계가 '미완성'이

라는 기분에 사로잡힌다.

기회

- 자녀에게 적절한 존중을 보인다.
- 부모역할을 전적으로 충실히 한다.
- 어버이 존재가 되었다는 뿌듯한 성취감과 부양의지가 생긴다. 이도 역시 느슨해질 수 있는 감정이다.

23. 이성적으로 판단한 관계 – 사랑이 곤경에서 헤어 나오게 한다
"아이는 아빠가 필요했어!"

"엄마는 그 당시 네 아빠랑 결혼하기로 마음먹었단다. 난 그때 열일곱 살이었고, 임신 3개월 째였어. 달리 어떻게 할 수 있었겠니? 부모님은 날 죽이려고 들었지."

"그러면 사랑은 전혀 없었어요?"

"네가 말하는 사랑이란 게 뭐니? 분홍빛 하트와 낭만적인 장밋빛 꿈을 말하는 거라면… 그건 아니었지. 전혀 아니었어. 난 완전히 이성으로 판단해 결정했고, 물론 처음엔 쉽지 않았단다. 그때 우린 너무 어렸고, 그래서 실수도 참 많았지."

"그럼 두 분이 왜 같이 살아요?"

"처음에는, 그럴 수밖에 없었으니까. 세월이 지나면서 우린 서로 존중하는 법을 배웠어. 그러다가 한참 지나고 나서는 서로 헤어져 산다는 건 있을 수 없는 일이라고 확실히 알게 되었단다."

"그게 바로 사랑이죠."

"네가 그걸 이해한다니 기쁘구나."

"하지만 자칫하면 완전히 잘못된 방향으로 빠질 수도 있었겠죠."

"그래, 네 말이 맞다. 언제든지 잘못될 가능성이 있었어."

어린이를 진정으로 존중하는 열린 대화 한편이다. 이성을 앞세우는 일은 낭만주의자들로서는 한참 아래로 깔고 보는 행동에 속한다. 그럼에도 불구하고 어느 시점에서 이성을 차리는 일은 관계에 큰 기여를 하는 것도 사실이다. 때로는 철두철미하게 이성을 바탕으로 한 관계도 있다. 그러나 시간이 흐르면서 사랑의 감정도 조금씩 생겨나는 게 마땅하다. 그렇지 않으면 냉랭하기 짝이 없는 절대적 이성만 남게 된다. 이때 충족되지 못한 감정은 노여움, 수동적 공격성, 우울증을 일으키며 끝내는 종말을 부른다. 만약 사랑의 감정이 생겨나지 않는다면 차라리 관계를 끝내는 게 최선의 해결책일지도 모른다.

한계

- 감정적으로 냉담해질 위험.
- 사랑에서 느낄 수 있는 환희의 감정 부재.
- 심리적 원인으로 병이 생길 가능성.

기회

- 차차 사랑이 생겨난다면, 관계를 지속하기 위한 좋은 조건이 된다.

24. 섹스지상주의 관계 – 사랑이 충동에 지배당한다

"매번 할 때마다 절정에 오르게 하는 그런 남자는 처음이야."

"이번에는??? 어땠어?"

"오… 오… 죽여줬어, 너무나 좋았어!"

"지금도 그래? 진짜?"

"죽여줘! 그런 느낌은 처음이야! 그 남자가 어떻게 했는지는 모르지만, 내가 아는 건 말이야, 무슨 수를 써서라도 그를 내 애인으로 꽉 붙들어야 한다는 거야!"

"어머, 그래! 몸집도 짱이니?"

"브레드 피트와 조지 클루니의 장점만 합쳐놓은 것 같아! 환상의 근육질! 가슴근육도 불룩불룩 움직이더라. 흠, 게다가 거시기는 또 어떻고!"

"설마!"

"그렇다니까!"

"어휴, 어쩌면! 정말 꿈에서나 나타날 사람이네! 나도 그런 남자가 있었으면!!! 그 사람, 얘기도 잘 하니?"

"농담하니? 말이 왜 필요해? 아마 2주일에 열 마디나 할까, 그것도 많을 걸."

"욕심쟁이. 그렇게 좋은 걸 혼자 다 독차지하다니…"

섹스는 환상적인 것이다. 죄송! 좋은 섹스는 환상적인 것이다. 섹스에서 두 사람이 완전히 딱 들어맞기란 정말 쉽지 않은 일이다. 그러나 백퍼센트 일치하는 섹스가 연인관계를 위해 절대적으로 필요하지는 않다. 왜냐하면 두 사람에게 존중심, 친밀감, 애틋함, 결속감이 존재한다면, 섹스부분은 기본만 되어도 충분하기 때문이다. 본인이 어떤 관계를 선호하느냐에 따른 문제다. 그런데 섹스에는 '하나' 가 되는 순간이 있다. 두 사람의 모든 것을 충족시키며, 세상에 두려울 것이 없는 기막힌 순간이다. 그리고 모든 것을 허용하는 순간이다. 이런 이유로 같은 정도의 섹스욕구, 적합한 육체적 조건, 섹스에 대한 비슷한 생각을 가진 두 사람이 만나게 되는 것이다. 하지만 잘못하면 오직 성교만을 원하는 에로틱 다이너마이트가 될 수도 있다. 이들은 끝없이 절정에 오른 섹스를 세상에서 최고로 친다. 그리고 물론, 여성들끼리도 그런 관계를 할…

한계

- 한 쪽이 홀딱 **빠**지면 엄청난 드라마가 벌어진다.
- 거의가 오래토록 유지되지 못한다.
- 사회적으로 문제가 된다.

- 만족스런 섹스경험.
- 후회 없이, 모자람 없이 성적환상을 한껏 즐긴다.
- 섹스가 아닌 다른 일에는 신경 쓸 필요가 없다.

25. 삼각관계 – 사랑이 결단을 내리지 못한다

"두 사람 다 사랑해."

"라인홀트는 무척 많은 것을 해줘. 내 일에 있어서나 내 인생에 있어 완벽한 지지자야. 어려서부터 친구였기 때문인지 나를 잘 알고, 내가 필요할 때마다 언제나 같이 있어줘. 우린 무슨 일이든지 모두 털어놓고, 서로를 믿어. 나와 같은 영혼을 가진 남자라고나 할까? 처음에는 그냥 친구로만 생각했지만, 이제 그가 없는 인생은 상상할 수도 없어. 그렇지만 그럼에도 불구하고 나는 뤼디거를 떠날 수가 없어. 뤼디거하고 있으면 난 완전한 여자가 돼. 그런 경험은 여태 한 번도 해 본적이 없지 뭐야. 우린 지독한 열정을 추구하는 사이야. 서로 눈을 맞대고 얘기만 나누어도 벌써 끈끈한 애정으로 마음이 두근거려. 그는 나에게 에너지를 주고, 내 안에 잠자던 감성을 불러일으키는 남자야. 예전에 미처 깨닫지 못했던 부분이지. 그래서 한 사람을 결정하라고 한다면, 어떻게 해야 할지 모르겠어. 라인홀트는 이 사실을 알면서도 나를 받아들이고 있지만, 이런 관계가 계속될 수는 없잖아?"

세간에서는 '뭐 다들 그렇지' 라고 얘기되는지는 몰라도, 솔직히 말해 이런 건 관계가 아니다. 그런데도 이런 일이 연인사이에서 심심찮게 일어난다. 대부분은 남자가 두 여자에게 양다리를 걸치고 있으며, 아예 상투적인 일로 보이기까지 한다. 삼각관계에 대한 연구는 아직 이루어지지 않았다. 어쨌든 삼각관계에서는 두 사람만 밖으로 드러나 있다. 삼각관계의 절반을 그늘에 숨겨놓는 것이 사회적 규칙으로 통하기 때문이다. 그러나 세 사람이 완벽한 조화를 이룬 가운데 다들 평온하게 지내는 경우도 사실은 존재한다. 때로는 삼각관계에 있는 사람들이 뭔가 일을 같이 시작하기도 한다. 성적인 일이든, 정신적인 일이든.

가장 유명한 삼각관계의 예를 들자면, 루이 15세와 마담 봉파뒤르와 왕비 마리아의 관계를 꼽을 수 있다. 비록 두 여성이 사이좋은 친구는 될 수 없었지만, 순서는 잡혀있었다고 한다.

한계

- 적어도한 사람이 즉시 고통 받을 가능성이 있다.
- 대부분 관계가 삐걱댄다.
- 이중생활은 사회적으로 멸시 당한다.

기회

- 관계의 확장 또는 해제.

26. 심리치료 관계 – 사랑이 상담시간이 되다

"마음속에 있는 걸 다 비워내야 해!"

심리치료 상담을 하는 데 드는 비용은 한 번에 10만원이 넘는다. 그리고 상담비가 비싸다고 해서 반드시 질 높은 상담을 보장한다는 법도 없다. 상담치료는 클리닉이 아닌 곳에도 이루어진다. 바로 애인에게서 받는 상담이다. 애인 상담치료사는 매사에 잘 들어주고, 의견에 공감하고, 믿을 만하다. 이처럼 두 사람이 모든 것을 대화를 통해 분석하고, 서로의 무의식세계를 규칙적으로 해석하기를 주된 업으로 삼는 쌍이 존재한다.

"자기야, 나 좀 도와줄래? 어제 되게 이상한 꿈을 꾸었거든. 꿈에 당신이 나타났고, 이웃남자와 개가 나왔어. 꿈에서 나는 막 도망갔어. 그런데 그게 개한테만 쫓긴 게 아니라, 사실 당신에게 쫓겼어. 그때 이웃남자가 나를 구조해 주었고. 이해가 안 가… 그 꿈이 대체 무슨 뜻이었을까?"

심리치료사에게 이런 꿈은 금쪽같은 가치가 있다. 하지만 질투심 많은 애인에게는 '너, 딱 걸렸어'라는 건수가 된다. 그러나 그 꿈이 두 사람에게 부정적인 역할만 하는 것도 아니다. '상담치료 관계'에서는 듣는 쪽이 애인을 잃을지도 모른다는 불안이 질투의 감정으로 나타나는 사실을 알아낼 수도 있다. 그렇다면 대화는 다음과 같이 이어진다.

"당신이 꿈 얘기를 들으니까 마음속에서 질투심이 솟아오르는 걸?"

"어머, 당신이 질투심을 솔직하게 털어놓다니, 나를 믿어줘서 고마워. 당신은 그 꿈의 의미를 이해할 수 있어?"

"내 생각엔… 아니, 그보다는 내가 당신을 잃을까 두려워한다는 기분이 들어."

"정말 인상 깊은 통찰이네. 커다란 발전이야. 자기야, 솔직하게 얘기해줘서 고마워. 자긴 오늘 상을 받을만해. 날씨도 좋은데 산책을 가면 어떨까?

밖으로 나온 연인. 사람들은 따가운 햇볕에 눈을 찡그리며 손바닥으로 가려보겠다고 애쓰고 있다. 반면에 한 쌍의 연인은 햇볕이 우리들의 살갗을 따뜻하게 덥혀준다며 마냥 즐겁기만 하다. 모든 일에는 양면이 있다는 말씀….

한계

- 너무 샅샅이 알아내려는 일은 인위적으로 치우치기 쉽다.
- 모든 것을 낱낱이 분석하는 일에 몰두하면 섹스어필이 시들해진다. 상대방에 대한 신비가 사라지니까.
- 공격력 상실. 상담자로서 오로지 '상냥한' 태도를 보이기 위해

골몰한다.

기회

- 서로에 대한 이해도가 높아진다.
- 친밀도를 높이는 요소가 된다.
- 일을 슬그머니 감추지 않고, 체계적으로 이야기할 수 있다.

27. 쇼맨십관계 – 사랑이 겉발림이다
"우린 늘 처음처럼 사랑해!"

"… 너무너무 안 됐다. 리하르트가 그 방탕한 여자한테 넘어가버렸다고? 그럼 너한테 남은 게 뭐니. 그렇게 꾹 참고 속을 있는 대로 끓이고 나서 말이야! 네가 사귀던 리하르트는 너무 못됐어! 그런데 비하면 솔직히 말해, 내가 하인츠랑 같이 산다는 게 무지 행복한 거야. 우리는 둘 다 사랑에 눈이 멀었어. 하인츠는 다른 여자 따윈 절대로 쳐다보지도 않아. 나더러 눈이 부시다는 거 있지. 어쩜, 하는 짓이 너무 귀엽지 않니? 15년 전에 결혼했는데 지금도 신혼 첫날과 똑같지 뭐야. 우린 한 번도 싸운 적이 없단다. 아침마다 눈을 뜨면 키스를 나눠. 우린 떨어져서는 하룻밤도 잘 수 없거든. 하인츠는 늘 이렇게 말해. '사랑해.' 그럼 나도 이런다. '내가 자길 더 많이 사랑해!' 그것도 매일 그런다니까. 15년 전부터 계속 그랬어!"

닭살이 쫙쫙 돋는 밀어를 오래된 부부가 속삭이는 일은 꽤나 드물 것이다. 한편, 아내에게 그토록 다정한 하인츠는 지금 술친구와 구석에 앉아 3년 전부터 여비서에게 양육비를 대주고 있다는 이야기를 털어놓는 중이다. 그러면서 아내에게는 절대로 비밀로 하고 있다고 한다. 이런 관계에서는 싸우는 일이 거의 없다. 또한 대화란 있을 수 없다. 일단 말문이 열리면, 그동안 켜켜이 숨겨놓은 온갖 쓰레기가 사방에 퍼질 테니. 숨겨놓은 쓰레기가 첩첩이 쌓일수록, 무슨 짓을 해서라도 숨기려고 애쓴다. 그래봐야 다 겉발림에 지나지 않는다. 언젠가는 끝날 관계이면서, 그런 상황이 되면 한 쪽은 왜 우리가 끝내야 하냐며 도저히 믿을 수 없다고 한다. 그야말로 자타가 공인하는 잉꼬부부가 아니었던가! 그러니 소위 완벽하다는 관계를 조심, 또 조심하자!

한계

- 겉발림과 진실의 간격이 크게 벌어질수록 가랑이가 찢어진다.
- 겉발림의 뒷면을 자꾸 훔쳐보도록 만드는 불신이 사람을 처절히 외롭게 만든다.
- 자신을 계속 기만하게 된다.

기회

- 주변에서 친한 쌍이라고 인정받으며, 그들만의 특권을 누린다.
- 갈등이나 문제를 들춰내서 이야기할 필요가 없다.
- 속이야 썩든 말든, 겉으로만 열심히 챙기면 된다.

28. 보상 관계 – 사랑이 결코 만족을 모른다
"더 많이 받아야 돼!"

이런 관계에서는 최소 한 사람은 늘 적게 받는다는 기분을 가진다. 반면에 상대방은 뭘 더 어떻게 해 주어야 할지 몰라 쩔쩔매는 것이고.

"… 잘 모르겠어, 어쨌든 이게 사랑은 아니라는 생각이 들어. 연인들끼리는 모든 걸 다 나누는 게 아닌가 싶어. 서로 위해 주고. 사랑한다는 말도 해주고."

"사랑해."

"하지만 자긴 그런 말을 한 번도 하지 않잖아!"

"무슨 소리야. 조금 전에도 사랑한다고 말했어."

"그건 내가 뜻하는 사랑이 아니라니까."

"정말 사랑해."

"그런 말, 억지로 할 필요 없어!"

이런 경우에는 한 쪽이 저지른 잘못이라도 있으면 차라리 문제가 덜 하다. 막상 그런 것도 아니면서, 막연한 기대감으로 사람을 몰아세우면 할 말이 없는 법이다. 이제 둘 다 절망에 빠져드는 건 시간문제다. 사랑표현이라는 한 가지만 놓고봐도, 서로 기대하는 정도가 판이하게 다를 수 있다. 이는 부모가 감정을 어떻게 표현했는지에 따라 큰 영향을 받는다. 부모가 사랑표현의 예가 되기 때문이다. 만일 부모한테 '사랑한다' 라는 말을 충분히 듣지 못하고 자랐을 경우에는 애인에게 그런 표현을 대단히 많이 바란다. 상대방은 부모가 하지 못하고 남겨놓은 일을 뒤처리하는 수밖에 없다. 그러자면 인간으로서는 도저히 갖출 수 없는 어마어마한 사랑의 능력이 필요하다. 바라는 쪽의 무의식이 보상을 받아야 하기 때문이다. 대부분 밑 빠진 독에 물 붓는 격이다.

한계

- 상대방도 사랑이 필요하다.
- 부모가 하지 못한 일에 대한 보상이란 파트너로서는 부분적으로만 가능하다. 그것도 할 마음이 생겨야 하는 것이고.
- 결핍된 사랑은 때로 스스로 채워야 한다.

기회

- 내가 더 많은 사랑을 받아온 사람으로서 연인관계를 전면적으로 변화시킬 수 있다.
- 좋은 관계가 이루어지면, 사랑에 굶주려 빈 자리를 채우는 데 도움이 될 수 있다.
- 한쪽에서 '나는 가치가 있는 사람'이라는 생각이 생겨날 수 있다.

29. 희생양 관계 – 사랑이 판결을 내리다

"네 잘못이야."

유스티나는 흑흑 흐느끼고 있다. 애인이 떠난 것이다. 그녀를 더 이상 참을 수 없다고 했다. 모든 걸 낱낱이 얘기하라는 그녀의 강요가 결국 그를 집밖으로 몰아낸 것이다. 모든 게 그녀의 잘못이다. 유스티나는 끝없이 죄책감을 느꼈다. 불안감을 혼자 해결할 수만 있었더라면, 끊임없이 사랑을 확인하는 짓만은 하지 않았더라면. 조금만 더 마음의 여유가 있었더라면. 특히 연신 입을 놀리는 짓만을 하지 말았어야 했다. 친구들 사이에서 생기는 문제처럼 그냥 내버려 두지 못한 게 못내 후회스러웠다. "당신이 계속 물고 늘어지는 걸 이젠 도저히 못 참겠어!" 그가 남긴 마지막 말이었다. 유스티나는 베개에 얼굴을 파묻었다. 이번에도 또 버림받고 차인 것이다.

'희생양 관계'에서는 위험한 역할극이 벌어진다. 한 사람이 문제를 일으키고, 다른 사람은 희생양이 된다. 두 사람 다 그 역할을 순순히 받아들인다. 그래서 유스티나와 남자친구에게 따로 물어보면, 두 사람이 입을 모아 말한다. 가해자는 유스티나이고, 희생양은 남자친구라고. 어떤 사람들은 이런 역할극을 일생토록 하기도 한다. 도대체 왜 그럴까? 습관적으로 하던 일을 되풀이하는 편이 갑자기 낯선 일을 하는 것보다 불안이 적기 때문이다. 유스티나 같은 사람은 상황에 따라 결함이 많은 사람처럼 보이기가 일쑤다. 이런 면에서는 지나치고, 저런 면에서는 모자라고. 그러니 남자친구 같은 사람은 관계를 끝날 때 그녀에게 잘못을 떠넘기기가 아주 간단하다. 자신은 잘못한 게 없다. 하지만 그 남자는 심리적으로 두려워한다고 볼 수 있다. 본인은 가해자가 되고 싶지 않고, 나쁜 일은 털끝만큼도 하기 싫다. 결국 자기 쪽에서 차버리는 것처럼 보이기 싫은 것이다. 그런 이유로 그가 집을 나가는 적극적인 행동을 하면서도, 말로는 희생양이라고 주장한다. 결국 한 사람은 가해자라는 죄명을 선고받고, 다른 사람은 희생양으로서 무죄가 되어 자유롭게 떠나도 되는 것이다.

한계

- 세상사는 대부분 흑백으로 딱 나눌 수 없다. 완전히 악한 사람과 완전히 선한 사람도 없다.
- 의사소통이 거의 불가능하다. 어느 가해자가 희생양과 대화를 나눌 마음이 생기겠는가?
- 미성숙 상태, 사랑받지 못한 상황 속에서 종말이 온다.

기회

- 가해자와 희생양 관계는 대부분 참을 수 없을 지경에까지 간 상황을 종료할 수 있도록 한다.

30. 학대 관계 – 사랑이 더 이상 사랑이 아니다
"빨리 와서 도와주세요."

이 유형은 곧 끝난다. 육체적으로 정신적으로 학대가 시작된 관계는 지체 없이 청산해야 한다. 한 사람이 언어적으로나 물리적으로 상대방에게 고통을 주는 그 순간, 즐거움은 끝이다. 끝. 정신적 죽음이 서서히 다가오기 전에 당장 끝내는 것이 좋다.

"떠날 거야. 넌 날 학대했어. 나에게 폭력을 행사해도 되는 사람은 이 세상에 아무도 없어. 안녕!"

한계
- 헤아릴 수 없이 많다.

기회
- 하나도 없다.

이 외에도 수없이 많은 연인관계가 있다. 그러나 우리는 중요해 보이는 30가지 케이스만 소개했다. 여기에서 오해는 없기 바란다. 순수하게 한 가지 특성만으로 이루어진 관계는 존재하지 않는다. 실제로는 여러 가지 특성이 섞인 관계가 더 많다. 그러니까 당신의 관계를 돌아볼 때, 30가지 케이스 중에 하나에 끼워 맞추려할 필요가 없다는 뜻이다. 그보다는 어느 유형에서 당신이 경험한 일이 있는가를 살펴보는 게 유익하겠다.

자, 그러면 7학기에서 무엇을 배웠는지 되짚어볼까? 우리는 늘 관계를 맺고 산다. 관계는 그때그때마다 변한다. 그 이유는 숱하게 많은 구성요소에 의해 형성된 것이 관계이기 때문이다. 또한 시기에 따라 중요한 역할을 하는 요소들도 매번 바뀐다. 사랑, 섹스, 의존성, 능력, 약점, 연민, 유머, 공격성, 공포, 용기, 슬픔, 분노, 웃음, 행복감 등 그런 요소는 수없이 많다. 긍정적인 감정과 부정적인 감정은 서로 연관된 감정이며, 떼려야 뗄 수 없이 붙어 있다. 어쩌면 그래서 더 매력적이지 않을까? 이런 이유로 우리는 관계가 나쁠 때라도 좀 기다리라고 충고하고 싶다. 둘 사이에 항상 밝은 햇살이 비치는 날만 이어질 수 없다는 것은 당신도 잘 알지 않는가? 완벽한 사람은 없다. 그리고 아무도 완벽하기를 기대할 수도 없다. 하지만 좋은 날도 있지 않은가? 그래서 삶은 살만한 가치가 있는 것이다! 8학기에서 다시 만나자. 그때 관계에서 생기는 먹구름에 대해 이야기하자.

친애하는 강사 여러분,

더없이 행복한 연인관계에도 때로 천둥번개가 치는 음울한 날이 있기 마련입니다. 강사님들도 예외가 될 수 없겠죠. 그래서 사랑의 기술 전선에 잔뜩 저기압이 깔렸을 때 벼락 맞지 않고 잘 피하는 법, 또는 처음부터 대비를 잘 하는 법에 대해 배울 겁니다. 학생들에게 아래의 주요내용을 전달해 주십시오.

1. 행복한 관계를 방해하는 요인
2. 관계에서 가장 빈번하게 부딪히는 걸림돌 25가지
3. 섹스, 바람피우기, 다시 열렬한 관계로 돌아오기
4. 전형적인 남자? 전형적인 여자?

수고하십시오
Prof. Love

Prof. Love

F. 러브 박사 (러브 아카데미 학장)

애정전선의 벼락을 피하기

이브가 없었다면 아담은 지금도 낙원에 있겠지

♥ 우리 연애에도 걸림돌이 있었나?

마리와 클라우스는 둘 다 30대 후반에 매력적이고 직업도 나무랄데 없이 좋은 한 쌍의 연인이다. 마리는 디자이너이고, 클라우스는 가구업체에서 종사하는 상당한 재산가다. 친구의 파티에서 알게 된 두사람은 사귄지 6개월 만에 동거를 시작했고, 그 후 6개월 만에 결혼에 골인했다. 두 사람은 따스한 봄날의 멋진 주말을 보내고 있었다. 토요일 오전 11시경. 둘이 테라스에 앉아 늦은 아침을 먹었다. 그리고 11시 41분경에 마리와 클라우스는 헤어졌다. 영원히. 왜 그랬는지, 이제 읽어보자.

"어제 왜 그런 이상한 여자들하고 내가 동석할 생각을 했었는지, 알다가도 모르겠군."

"그래, 나도 참 의외였어. 특히 금발머리 여자는 당신 취향도 아니었잖아. 시골 출신인가, 왜 그리 촌스럽던지.”

“그래도 파울하고 아네테랑 즐거운 저녁 시간을 보내긴 했지. 걔들은 참 좋아.”

“나도 그래. 그런데, 오후에 요트 타다면서 손질은 다 해뒀어?”

“아니, 난 당신이 한다는 걸로 알고 있었는데.”

“클라우스, 내가 어제 세 번이나 얘기했잖아. 관둬, 됐어. 내가 할게. 내가 하는 게 차라리 낫지.”

“말이 왜 그래? 또 생리 때가 됐어?”

“자기, 잘 들어, 진짜 갈수록 뜻밖이다. 당신은 늘 어지럽혀놓기만 하고 뒤치다꺼리는 내가 다 하지. 그러고 나서는 꼭 마음을 상하게 만들어.”

“제길, 그냥 농담 한번 해봤어. 자기야, 제발 떽떽거리지 좀 마.”

“떽떽거려? 떽떽거린다고? 지금, 말 다 했어? 더 말해 봐! 지난 한 해 동안에 내가 떽떽거린 게 몇 번이 된다고 그래? 그것도 다 이유가 있었잖아? 진짜 신경을 건드리는 사람이야. 이봐요.”

“이봐요? 내가 지금 뭘 잘못 들었나? 지금 내가 있으면 안 되는 자리에 있는 건가? 당신은 투덜거릴 이유가 하나도 없다고. 일 년 전부터 당신한테 엄청나게 봉사한 게 누군데 그래? 내가 친구들하고 노는 것도 다 때려치우고, 일이 끝나자마자 집으로 곧장 돌아오지 않았어?”

“참 재미있네, 재미있어. 나를 디자이너 아틀리에에서 14시간이나 일을 하고 난 다음에 집에 돌아오는 즉시 부엌에 들어가 저녁이나 만들어야 하는 주부로 만든 게 누구라고 생각해? 꼭 당신 엄마처럼 하라는 거지. 아니, 그럴 순 없어. 당신, 잘 들어. 우리가 결혼하고 2년 동안 돈을 벌어온 사람은 바로 나라는 걸 잘 알아둬. 당신의 그 잘난 비즈니스가 쫄딱 망해가고 있었을 때 말이야!"

"아, 예, 여사님, 마더 테레사 성녀님. 이제 그만 그 고귀하신 사모님의 정체를 드러내보시지. 당신은 이제 빌어먹을 수백만장자의 사모님이 되었어. 내 덕분에! 당신 자리를 넘보는 여자들이 한참 줄을 서 있다는 것만 알아둬."

"그까짓 것 하나도 대수롭지 않아. 당신이 늘 떠들어대는 동유럽계 창녀는 무식해서 백만장자의 사모님이란 철자도 어떻게 쓰는지 모를 테니까."

"아, 그까짓 걸 알 필요가 없지. 중요한 건, 그 여자들은 끊임없이 불평을 늘어놓지는 않는다는 거야. 게다가 매일 밤 다리를 좍 벌려 준다는 거지. 당신과는 반대로."

"저질스런 당신이 너무너무 혐오스러워."

"오, 나의 자기. 그 소리가 절절히 마음에 와 닿는군."

대화의 끝부분은 상상에 맡긴다.

제8학기에 온 여러분을 환영한다. 아마 이 정도쯤이야 일상적인 싸움이라고 생각할 수도 있겠다. 싸움은 으레 아주 사소한 말다툼으로 시작해, 옥신각신하다가 심한 말이 나오고 급기야 자존심까지 박박 긁어댄다. 그렇다고 반드시 갈라서는 것으로 결론이 날 필요는 없다.

하지만 이 예는 얘기가 좀 다르다. 꿀벌 빌리와 마야처럼 대화가 너무 늦게 시작된 것이다. 따지고 보면, 마리와 클라우스가 이토록 심하게 싸움을 벌인 건, 이번이 처음이다. 여기에 바로 문제의 핵심이 있다. 마음에 걸리면서도 꾹 참고 넘어간 사소한 것들이 어느 날엔가는 엄청나게 크고 흉측한 괴물이 되어 뒤통수를 치기 때문이다.

마리는 디자이너 숍에서 손님들을 상대하다가 스트레스를 받을 때, 그걸 가지고 클라우스에게 부담을 주고 싶지 않았다. 그런 날 저녁이면 혼자 신경이 날카로웠던 것이다. 그런 그녀를 두고 클라우스는 떽떽거린다고만 생각했다. 이에 대해 두 사람은 한 번도 이야기하지 않은 상태였다. 하지만 억지로 눌러두던 불만은 어느 날 갑자기 펑터진다. 한편 클라우스는 사업관계로 저녁식사를 한 후에 2차로 룸살롱에서 접대를 해야 했다. 그리고 마리가 다음날 아침에 차 안에서 우연히 룸살롱 영수증을 발견했다. 그렇다고 그녀가 심란해할 이유는 없다. 여기서 문제는, 그 일에 대해 그와 이야기를 나누지 않았다는 것이다. 그녀는 애인이 술집여자와 같이 자지나 않았을까 하는 어지러운 마음이 하루 종일 가시지 않는다. 아무것도 아닌 사소한 일이 이런 식으로 첩첩 쌓여, 나중에는 눈덩이처럼 불어난다. 이러다가 마침내는 이어붙일 수 없는 깨진 그릇이 되는 결과가 되는 것이다. 참으로 딱한 일은, 마리와 클라우스가 처음에는 서로를 배려하려던 마음이 대화를 전면중단하는 식으로 변질되었다는 것이다. 마음에 걸리는 일을 일찍부터 이야기하지 못하는 사람들은 마리와 클라우스처럼 비극적 종말을 맞이할 가능성이 무척 크다. 그것도 서로 대화하지 않았다는 딱 한 가지 문제가 두 사람의 관계를 깨뜨리는 데 결정적인 쐐기를 박는 것이다. 안타깝게도 이런 일이 너무나 자주, 흔하게 벌어진다.

무엇이 연애를 망쳐놓는가?

전공과정에서 지금까지 두 가지 문제를 놓고 생각해왔다.

1. 짝을 지어 사는 관계란 무엇인가? (6학기)
2. 그 관계는 어떤 형태로 나타나는가? (7학기)

우리가 '관계'라고 말할 때 무엇에 대해 얘기를 하는지, 그 뜻을 확실히 해둘 필요가 있었다. 그리고 그보다 더 중요한 것은, 당신이 '관계'라고 말할 때 무엇을 두고 말하는지 생각할 필요가 있었다. 지금 이것을 확실하게 해두어야 한다. 이제 커다란 일보를 전진하려는 시점에 와 있기 때문이다. 그전에 당신에게 아주 잘했다는 칭찬부터 하고 넘어가겠다. 여기까지 꾸준히 온 당신은 성공하고 싶은 의지가 있다. 이 점이 제일 중요하다! 뜻이 있는 자에게 길이 있는 법이다. 지금까지 참 잘해왔다. 그럼, 앞으로 전진!

이번 학기에서는 관계를 어렵게 만드는 걸림돌에 대해 배운다. 오직 당신을 위해, 걸림돌을 피하거나 아예 쓸어버리는 법을 손에 쥐어주려는 것이다. 걸림돌 따위는 치울 수 있다. 사람이 할 수 없는 일이 무엇이랴? 바로 당신이 할 수 있다! 그러면 지금부터 25가지 걸림돌과 그 밖의 장애요인 몇 가지를 알아본다.

1. **무관심** – 기념일을 잊어버렸다? 당신의 욕구를 무시했다? 이 문제는 빈정거리고 비난하는 것으로는 해결되지 않는다. 사람이라면 가끔 '아차' 하고 잊어버리기 마련이다. 그런 건 용서해야 한다. 당신도 깜빡 잊어버리는 날이 올지도 모른다. 중요한 것은, 자신의 욕구를 얘기해야 한다는 것, 필요한 부분을 말도 하지 않으면서 '당연히 알겠거니' 하며 상대방에게 예언자의 능력을 기대해선 안 된다는 것이다.

2. **감정적 냉담** – 당신을 피하거나, 말없이 연락이 안 될 때는 분명히 원인이 있다. 그럴 때에는 아무리 상대방이 대답을 꺼리더라도 즉시 얘기를 꺼내야 한다. 그래야만 위험한 냉담 시기를 넘길 수 있다.

3. **말없이 덮어둔 갈등** – 언제든지 불거져 나올 수 있는 치명적인 문제다. 두 사람의 관계에 있어 사형선고다. 일상의 사소한 갈등이 눈덩이처럼 큰 문제로 불어날 수 있다. 유일한 처방은 '대화, 대화, 그리고 또 대화'를 하는 것이다. 그렇다고 날씨가 어떻다는 둥 쓸데없는 얘기로 빠지지 말라. 한번 말이 나오면 문제가 더 크게 과장될 수도 있다. 이런 경우는 한쪽이 자신의 갈등을 혼자 처리하지 못하고, 두 사람의 관계에서 생긴 문제라며 일을 엉망으로 뒤섞기 때문이다. 하지만 이런 잘못은 예비과정을 잘 배우기만하면 간단히 피할 수 있다. 그건 그렇다 치고, 여성들은 한 번 한 이야기를 하고 또 하는 경향이 있는 반면에, 말주변이 없는 남자들은 그저

째려보기만 하는 게 남녀언쟁에서 보이는 전형적인 태도다. 갈등이 생기면, 그것에 대해 얘기를 하고 깨끗하게 마무리해야 한다.

4. 서로 다른 관심분야 – 이 문제는 사형선고까지는 아니더라도 커플에게 충분히 위험한 요소로 작용한다. 비록 상대방의 관심분야와 취미를 함께 나누지 못한다하더라도, 상대가 자신의 취미를 즐길 수 있도록 허용하라. 그러면 나도 내 관심분야를 즐길 수 있고, 두 사람 다 만족한다. 두 사람의 취미가 달라서 마음에 걸린다면, 엉뚱한 것 같지만 이 충고가 해결책이 될 수 있다. 이때는 물론 욕구가 서로 다르다는 점에 대해 반드시 설명해야 한다. 이야기하고, 설명하고, 서로가 만족하는 규칙을 정하자.

5. 비난 – 비난은 항상 그럴 만한 이유가 있다. 중요한 것은, 실망과 분노를 무조건 억누르면 안 된다는 것이다. 하지만 이때 반드시 주의할 점이 있다. 늘 같은 문제를 놓고 비난하는 일은 삼가해야 한다. 게다가 한 쪽이 이미 해명을 한 후에 용서를 청했다면, 그걸 가지고는 다시 비난하는 일은 절대로 없어야 한다. 제발, 이미 까마득하게 지나간 일을 또 끄집어내서 도마 위에 올려놓는 일은 하지 말라. 그 대신 명쾌한 대화로 깔끔하게 마무리 짓는 게 좋다. 케케묵은 분노와 오해를 몰아내도록 하라.

6. 상대방에 대한 무지 – 연애를 하다보면 상대방에게 오해를 사거

나, 충분히 존중 받지 못한다는 느낌, 진지하게 받아들여지지 못한다는 기분이 들 때가 많다. 그럴 때는 당장에 그 문제를 들쑤셔서 상대방을 불지옥에 잡아넣고 삶아대기 전에 우선 자문해보라. 과연 상대방에게 나를 제대로 알게 할 기회를 주기나 했는가? 내가 느끼는 불안, 갈망, 약점 등을 충분히 표현함으로써 나에 대한 이해를 기대할 수 있는가? 한 마디로 말해, 당신이 가진 욕구를 스스로 인정하고, 말로 표현하라는 것이다. 말로 해서 상대방이 진지하게 받아들이도록 만들어라. 만일 받아들이지 않는다면, 서로를 이해하는 길은 이 방법 밖에 없다는 것을 꼭 가르쳐야 한다.

7. 섹스환상의 불균형 – 중요한 대목이다. 이 문제는 일단 덮어놓았다가 나중에 큰 문제가 되는 대표적인 것이다. 침대에서든 세탁기 위에서든 '새로운 자세'로 해보고 싶다고 얘기하려면, 두 사람이 상당히 친하지 않는 한 좀처럼 말을 꺼내기가 어렵다. 하지만 잘 생각해보자. 만일 그런 욕구를 내비친 적이 없고, 섹스에서 별 느낌이 없다면, 우선 '당신'에게 좋을 게 없다. 상대방도 흥분도 없고 미적지근하다고 생각하기는 마찬가지다. 그런데 그 원인이 자기 탓이라는 생각은 절대로 하지 않는다. 여기서도 서로 간의 존중과 타인의 한계를 받아들일 줄 아는 능력이 필요하다. 물론 상대방의 한계를 비판하고 따지면 안 된다. 애인은 당신의 기대를 충족시키기 위해 존재하는 것이 아니다. 때로는 거꾸로 당신이 그런 상황에 처할 수도 있다.

8. 섹스 빈도의 불균형 – 오직 성적 횟수만 문제가 된다면 아주 쉽게 해결할 수 있다. 만일 당신이 섹스를 자주할 필요성을 느끼지 못하는 쪽이라면, 하루에 5분에서 10분정도만 상대방을 위해 희생하라. 그럴 때, 당신은 느끼지 못하더라도 상대방을 기쁘게 해줘라. 그게 그토록 싫은가? 손과 손가락을 이용해 허리 위에서도 많은 일을 할 수 있다. 허리 아래에는 훨씬 더 많이… 그럼으로써 숨어 있는 바람기를 막을 수도 있다. 가끔씩은 애인을 위해 아침에 일어나 커피를 타주기도 하지 않는가? 그 일이 꼭 시간이 많이 걸려야 하는 건 아니지 않는가?

9. 삐걱대는 의사소통 – 전형적인 문제다. 여자가 남자친구에게 이렇게 말한다. "나 너무 우울해. 당신 때문에 그런 건 아니야." 그 말에 남자친구가 대답한다. "내 사랑, 내가 당신을 위해 같이 있잖아. 평생토록." 하지만 여자는 그의 말을 들으려 하지 않고 자기 말을 계속한다. "하지만 자기야, 문제는 나한테 있는 것 같아. 요즘 내가 할 일이 너무 많아서 자기에게 애정을 쏟을 시간이 도저히 없네. 다 내 잘못이야. 사랑해. 앞으로는 무슨 일이 있어도 5시만 되면 사무실을 나와서 집에서 시간을 보낼 게." 도대체 뭐가 문제라는 것인지… 삐걱대는 의사소통은 무엇 때문에 찜찜한 생각이 드는지 정확하게 밝혀야만 매끄러워진다.

10. 정직하지 못함 – 모든 관계에 있어서 치명적 일격이다. 절대로

득이 될 게 없다. 상대방에게 껄끄러운 문제를 숨기려다보니 정직할 수가 없다. 감춰둔 사실이 백일하에 드러나면 결코 비난을 면치 못한다. 더욱이 바람을 피우는 일은 어떤 변명거리를 갖다 붙일 수도 없으며, 처벌받아 마땅하다. 설사 헤어지지는 않더라도 더 이상 그 사람을 믿을 수 없다. 그렇다면 관계로 남아 있다한들, 무슨 의미가 있을까?

11. **문어발** – 아무리 열려있는 시대라고 하지만, 이 사람 저 사람에게 다리를 걸쳐놓고 있는 짓은 여전히 '아웃'이다. 만약 애인과 소위 '완전개방 관계'를 갖자고 계약을 맺었다고 치면, 이 점을 분명히 짚고 넘어가자. '완전개방 관계'는 애인을 자꾸 갈아 치우는 것이 아니다. 이들은 고정된 애인을 두고, 다른 사람과는 단순히 '다양한 섹스'를 경험하자는 데 초점을 둔다. 물론 바람피운 사람도 용서받을 수 있다. 왜냐하면 우리 모두는 약점을 가진 한낱 인간에 지나지 않기 때문이다. 그러나 용서는 어느 정도로 바람을 피웠으며, 누구와, 몇 번이나 바람을 피웠느냐에 달려있다. 정도가 심하면 용서받을 수 없다. 두 사람의 관계는 이미 갈 데까지 간 것이다.

12. **감정이입 능력의 결핍** – 입장을 바꿔놓고 상대방의 입장에서 생각할 줄 아는 것을 심리학 용어로는 '감정이입 능력'이라고 한다. 이는 심리학 전문가들 사이에서 자주 토론의 대상으로 떠오른다.

개인이 이 능력을 얻을 수 있는가, 또는 어느 정도의 수준을 적정한 수준으로 보는가 하는 문제다. 이에 대한 답은, 그 사람이 상대에게 얼마만큼의 감정이입 능력을 기대하느냐에 따라 달라진다고 볼 수 있다. 두 사람 사이에 문제가 생겼을 때는 이야기하고 또 이야기하라. 그것이 유일한 해결책이다. 각자 상대방에게 원하는 수준이 달라서 균형이 어긋났을 때도 대화가 많은 도움이 된다. 이제 당신은 우리에게서 이 말 밖에 들을 게 없다는 사실을 눈치 챘으리라!

13. **직업상 스트레스** – 직장에서 생기는 스트레스가 관계에 나쁜 영향을 미친다는 것은 너무나 당연한 이야기다. 그러나 이 문제는 해결할 수 있다. 어떻게? 당신도 이미 답을 알고 있다. 그렇다. 의사소통을 통해서다! 둘이 마주보고 앉아서 일 때문에 관계가 어려워진 상황을 차근차근 객관적으로 이야기하라. 금방 이해할 수 있는 부분이다. 현재는 마음에 들지는 않는 타협을 봤다 할지라도 대부분의 경우, 언젠가는 참아낸 당신에게 충분한 대가가 있다.

14. **이루지 못한 꿈** – 예비과정에서 배운 내용을 되살려보라! 인생계획표를 꺼내 살펴보면, 많은 꿈들이 이루어지지 않는 채 남아있음을 알 것이다. 이때 그 원인을 상대방 탓으로 돌리지 말라. 꿈을 실현하는 일은 최우선적으로 본인의 책임이다! 그러므로 꿈을 이루지 못한 걸 가지고 문제 삼아 서로 삐거덕거리기 전에 곰곰

이 생각해 보길 바란다. 그것이 정녕 상대방 때문인지. 남의 탓으로 돌리는 일은 공정치 못할 뿐만 아니라, 그보다 더 심각한 '희생양 신드롬'으로 변질된다.

15. 서로 망가지는 싸움질 – 싸우는 방법도 배워야한다. 싸울 때는 다음의 기본규칙을 유의하자.

1. 주의 깊게 듣기 2. 말다툼 3. 비판을 말하고 듣기 4. '아니' 라고 말하기 5. '그래' 라고 말하기 6. 사과하기 7. 화해하기

싸움은 보통 2번과 3번으로 끝나고, 나머지 다섯 가지는 아예 무시되기 마련이다. 싸움은 때로 단순히 무지의 소지로 벌어진다. 정말로 문제가 뭔지 알아내고 싶은가? 그런데 주의 깊게 듣지 않는다면, 대체 어떤 방법으로 싸움을 끝낼 수 있을까? 문제의 핵심을 알아낸 다음에 할 일은, 한계를 분명하게 긋는 일이다 '아니' 라고 말하기. 또 옳은 이야기는 긍정하는 일이다 '그래' 라고 말하기. 그리고 싸움은 두 사람이 하는 것이므로, 둘 다 사과할 줄 알아야 한다. 사과를 하지 않으면 화해도 있을 수 없기 때문이다. 화해란 싸움을 올바로 매듭을 짓는 일이다. 싸울 때 일방적으로 몰아세우지 말고, 이중주를 하듯이 주고받으라. 싸움하는 방법도 배워서 익히라!

16. 불안 – 불안은 사람이 가지는 보편적인 감정이다. 슬픔, 배고픔,

갈증, 피로, 열정 등의 감정과 마찬가지로 사람이면 누구나 불안을 느낀다. 그러므로 불안도 관계 속에 포함된 감정으로서 받아들여야 한다. 불안은 우리가 상처를 입지 않도록 지켜주고, 어떤 행동을 할 것인가를 정하게 한다. 또한 불안이 욕구와 불만을 드러내도록 만든다. 하지만 불안이 지나치면 관계가 어려워진다. 과도해진 불안은 질투, 상실공포, 접근공포, 갈등공포 등의 형태로 나타난다. 경우에 따라서는 전문가의 도움이 필요하다. 상대방이 불안을 표현했을 때는 참을성을 가지고 대해야 한다. 바꾸어 말하면, 상대방이 반드시 입 밖으로 표현해야지만 불안을 극복할 가능성이 있음을 알아야 한다는 말이다.

17. 돈 – 경제적 상황은 싸움과 갈등을 일으키는 주범인 동시에 관계를 유지할 수 없게 만드는 주요인이다. 돈을 공동으로 관리할 때 신경은 한층 팽팽해진다. 만일 당신이 직접 돈을 벌어서 경제적 자립상태에 있다면, 돈이란 게 두 사람의 관계를 크게 위협하지는 않을 것이다. 예외 : 상대방이 너무 인색할 경우. 두 사람이 모든 것을 서로 나누어 관리한다면, 돈도 나누어 관리하는 게 좋다. 2005년 11월 18일, 헤센 라디오 방송국에서 '돈이냐, 사랑이냐?' 라는 주제로 방송을 내보낸 적이 있다. 그때 청취자들의 참여는 놀라울 정도였으며, 이야기가 오가는 동안에 수많은 커플들의 고충이 백일하에 드러났다. 학문적으로 설명하자면 이렇다. 돈은 사회적 관계를 맺기 위한 수단으로서 상징적 성격을 가진다. 돈은 적고 많음

을 떠나 권력과 불평등을 만들어낸다. 더 쉽게 말하면, 돈이 우리 사회에서 권력과 영향력을 행사한다는 말이다. 그리고 권력과 영향력 행사는 연인관계에 해를 끼칠 수 있다. 또 한 가지, 라디오 방송을 통해 돈문제는 달리 뾰족한 수가 없다는 사실이 드러났다. 각자 통장 가지기, 살림살이를 위한 공동구좌를 만들기등을 마련하는 방법이 어느 정도의 해결책이 되겠다. 좋은 관계를 위해서는 매우 중요한 일을 결정할 때, "둘 중에 누가 권력자인가?" 라는 물음은 제외시켜야한다. 결론적으로 말해, 돈은 여러분이 원하는 대로 관리하면 된다. 하지만 내가 돈이 많다는 이유로 절대로 상대방에게 권력이나 영향력을 행사하지 말라. 그렇지 않으면 '세력다툼' 이라는 걸림돌에 부딪힌다.

18. 세력다툼 – 누가 먼저 기선을 잡느냐는 주도권 쟁탈전은 두 사람이 만난 지 얼마 되지 않았을 때 일어난다. 새로운 상대방에게 진도를 어디까지 허용하느냐, 어느 정도 호의를 표시할 것이냐를 두고 쌍방이 선을 그어둔다. 신경질 나는 건, 잔머리를 굴리고 있을 때다. "그 남자가 전화를 했을 때 내가 받지 않으면 분명히 속을 끓이겠지." 열다섯 살짜리가 아닌 이상 유치한 짓은 그만 두자. 그보다 상대방과 본격적인 일로 들어가는 것이 낫다. 상처를 받은 느낌이 들면, 그것을 표현하라. 또한 상대방이 상처받은 감정을 표현할 용기를 갖도록 배려하라. 이 일만 잘해도 두 사람 사이에 세력다툼 따위는 생겨날 틈이 없다.

19. **자기감정의 부정** – 심각한 문제다. 상대방을 위한답시고 자신의 감정을 숨기려고 애쓰는 일은 장기적으로 보면 아무런 도움이 되지 못한다. 성숙하고 노련한 사람은 즉시에 감정을 표현하지 않고 얼마간 놔두었다가 상대방에게 자신의 감정을 드러낸다. 때로 감정을 표현하는 일로 위기를 야기한다 해도 물러서지 않는다. 자기 자신에 대해 정직하고 솔직한 태도는 결국에는 보답이 있다. 왜냐하면 솔직함을 통해 '우리' 차원이 확장될 수 있기 때문이다. 더욱이 이런 식으로 살지 않는다면 어떻게 내 자신의 인생 목표를 성취할 수 있겠는가?

20. **그릇된 해석** – 환상이란 물론 멋진 것이다. 그러나 두려움과 불안을 가지고 환상적인 공포영화 시나리오를 만들면서 현실세계와 완전히 동떨어진 결말을 꾸며내지는 말자. 상대방에 대한 일을 섣부르게 판단하고 오해해놓고, 그 일에 대해 한 마디도 얘기하지 않는 짓은 불붙은 다이너마이트 심지가 서서히 타들어가고 있는 격이다. 바로 마리와 클라우스가 대표적 케이스가 아닌가? 어중간하게 알고 있는 일에다 환상과 감정을 마구 섞어넣고 보자. 마리는 클라우스가 술집에서 브랜디 한잔 마신 것 가지고도, 여자를 좋아하는 남자의 취약점을 끼워넣어 멋지게 허구의 소설을 완성했다. 그리고 그가 술집여자와 같이 잤다고 철석같이 믿어버리는 것이다. 클라우스와 얘기는 한 마디도 나누지 않은 상태에서. 이들에게 남은 일은 폭발밖에 없다.

21. 불신 – 서로 믿지 못하는 관계는 반드시 갈라서는 상황이 온다. 한번 불신이 생기면 만회하는 데는 무척 오랜 시간이 걸린다. 때에 따라서는 결코 회복할 수 없기도 하다. 이럴 때 우리가 충고하건데, 카드로 만든 집처럼 신뢰가 폭삭 무너질 때까지 잠자코 두지 말라는 것이다. 그러면 어떻게 하냐고? 아주 간단하다. 거짓말 하지 말고, 마음을 열고, 상대방의 욕구를 알아내고, 미리 만족시켜주려 노력하고, 약속을 지키고, 자신의 부족함을 채우려 노력하고… 좋다, 말처럼 쉬운 일이 아니라는 걸 인정한다. 하지만 어쨌든 가능한 일이고, 그만한 대가가 있다! 불신의 문제를 해결하기 위해 주말마다 '호되게 꾸짖는 시간'을 두었다는 어떤 쌍이 있다. 그런 방법도 괜찮아보인다. 비록 엄하게 비판을 하더라도 끈끈한 결속감과 애착이 깔려있는 사이라면 오히려 강한 신뢰감이 생겨날 수 있다. 심각한 문제에 부딪혀 관계가 깨진 것이 아니라, 마침내는 해결점을 찾았다는 경험이 두 사람을 더욱 강하게 연결시켜주기 때문이다. 그러나 한 사람을 위한 해결책이 아니라 반드시 공동의 해결책을 찾아야 한다. 그리고 화해하는 순간을 잊지 말라!

22. 시기심 – 보통은 연인관계에 시기심이 생겨나서는 안 된다. 서로 사랑한다면 시기심이 생길 이유가 없기 때문이다. 삶을 같이 나누는 사람에게 기꺼이 다 주고 싶고, 그 사람이 잘 되는 게 좋은 법이다. 그렇지 않은가? 만일 이 물음에 자신 있게 대답할 수 없

다면, '사랑은 어디에 있나?' 라고 자문해 보아야한다. 이 시점에서 사랑을 다시 되살리고, 그윽한 사랑의 눈길로 상대방을 바라보는 법을 배워야 할 필요가 있다. 두 사람이 같이 있으면 하늘을 날 듯 행복하던 옛 추억을 되살려보라. 그리고 언제부터 변하기 시작했는지 정확하게 알아내라. 그것에 대해 서로 이야기하라! 아직 그런 일을 한 번도 해본 적이 없고, 이미 마음속에 시기심이 똬리를 틀고 있는 상황이라면 생각해보자. 앞으로 사랑이 부족한 이런 상태로 계속 살 것인지, 겨우 이 정도의 사랑에 만족하는지. 그런데 어떤 경우이든 시기심을 느낀다면 그 감정을 인정하라. 이것이 바로 시기심을 극복하기 위한 첫 걸음이다.

23. **서로 다른 유머감각** – 당신이 사랑에 푹 빠져 있기는 하지만, 그래도 동아리 친구들과 같이 노는 일이 더 재미있어 죽겠다고 가정해보자. 이럴 때 쌍방이 서로 웃음을 나눌 수 있고 모든 게 잘 어울리는 한, 그리 비극적인 일은 아니다. 그러나 세월이 흐르면 연인들은 비슷하게 닮아가게 마련이다. 그때쯤이면 둘이서 박장대소를 하지 않더라도 하루에 한번씩 같이 웃는 일로 족하다. 이때 제발 상대방이 유머감각이 다르다는 이유로 배꼽잡고 웃는 일에서 소외되었다는 느낌만큼은 주지 말라. 유머가 가득한 대화에 같이 끌어들여 보라. 그러면 그가 견디지 못해 뛰쳐나가거나 아니거나, 둘 중에 하나일 것이다. 최소한 한번 시도는 해보라. 혹시 조금 생뚱맞은 상대방의 유머에 포복절도 할지도 모르는 일이다.

24. 아이 – 아이라는 필수적이자 본질적인 주제는 충분히 이야기를
나누어야 한다. 아이문제에서 의견의 일치를 보지 못하는 경우를
생각해보자. 한 쪽은 절대적으로 아이를 원하고 다른 쪽은 그렇
지 않다면, 관계가 지속될지 의문이다. 말이 심하게 들리는가? 당
신이 작성한 인생목표 도표를 다시 생각해보고, '자아' 차원에서
배운 내용이 무엇인지 기억을 되살려보라.

25. 몸매 – 이 문제에 전형적인 걸림돌이 되는 말은 꼭 이런 식이다.
"당신은 너무 많이 먹어. 그러다 돼지가 되면 어쩌려고 그래,
응?" 세상에서 둘도 없는 애인이 설사 처음 만났을 때보다 몇 킬
로 몸이 불었다고 치자. 그럼에도 불구하고 관계가 계속 유지되
는 다른 이유가 충분히 있다. 물론 상대방의 미적욕구를 완전히
무시하지는 말고, 어느 정도는 맞추도록 하자. 비록 퉁퉁하더라
도 서로의 몸을 좋다고 느끼는 한, 우리는 이렇게 말할 수 있다.
"이보다 심한 일도 숱하게 많다!"

전형적인 남자? 전형적인 여자?

우리가 너무나 자주 접하는 치명적인 걸림돌이 또 하나 있다. 그것
은 소위 '남녀 간에는 맞는 게 거의 없다'고 하는 통념이다. 심지어는
남녀는 완전히 다른 존재, 맞는 게 아예 없다고들 말한다. 자, 이제!
모순됨이라곤 털끝만큼도 없는 우리의 이론을 밝힐 시간이 왔다.

서점에 한번 나가보자. '여자와 남자'라는 주제를 다룬 책이 수없

이 널려있다. 여자는 남자와 뇌구조가 다르다. 그렇다고 해서 여자가 지능이 모자란다는 뜻이 아니고, 남자가 가지지 못한 다른 능력을 가지고 있다는 뜻이다. 뒤집어 말해, 뇌가 다르다는 얘기는 남자는 여자가 할 수 없는 다른 일을 할 수 있다는 뜻이다. 하지만 실제로는 남자가 잘하는 일을 여자가 더 잘하는 경우도 있다. 그렇다면 남자도 역시 원래는 여자가 잘하는 일에서도 더 잘할 수도 있다. 혹은 할 수 없다. 혹은, 혹은?

대체 뭘 하자는 짓인가? 내가 책읽기를 싫어하는 여자인데, 책을 사는 사람의 80%가 여성이라는 사실을 알아서 어쩌라는 것인가? 내가 남자인데, 애인이 '가장 신뢰하는 사람'이라고 말한다. 그런데 남자의 60%가 신뢰할 수 없다는 사실을 알아서 무엇 하랴? 내가 여성인데 건축가이고, 남자친구는 주차실력이 젬병이다. 그런데 여성의 공간지각능력이 남자보다 현저히 떨어진다는 통계를 알아야 하는 이유가 대체 뭐냐고? 그런 책들은 정신을 사납게 할 뿐이다.

이 말을 오해하지 말았으면 좋겠다. 물론 통계란 현상을 이해하기 위해 유용하게 쓰이는 척도다. 그래서 우리도 통계를 자주 들먹인다. 그러나 우리는 통계가 자칫 모든 것을 일반화시킬 위험, 사고의 틀에 갇힐 위험이 있다는 사실도 알고 있다. 그런 통계적 사실이 대체 내 개인에 대해 무엇을 알 수 있게 해주는가? 만일 내가 축구를 싫어하고 그림 그리기를 좋아하면, 제대로 된 남자가 아닌가? 내가 요리를 할 줄 모르고 아이를 원하지 않는다면, 제대로 된 여자가 아닌가? 남들은 그러는데 나는 그렇지 않아서? 내가 다수와 같지 않다는 이유

때문에? 특히 개인이 어떠하다는 것을 다수로 결정하는 일은 매우 위험하다. 그러므로 우리는 이 시점에서 남녀모두를 상대화해서 말한다. '남자와 여자는 똑같다.' 이 말에 대한 증거? 당신과 가장 친한, 동성이 아닌 친구를 생각해보자. 당신이 여성이라면 남성을 생각하고, 남성이라면 여성을 생각하는 거다. 그 친구가 가진 다섯 가지 성격특징을 생각해보고, 그가 잘하는 일을 다섯 가지 써보아라. 그리고 이제 당신이 아주 싫어하는 동성의 한 사람을 생각해보자. 그런 후에 같은 방식으로 적어보라. 마지막으로 당신의 성격을 적어보라. 당신이 누구와 더 많이 닮았는지 보라! 유감스럽게도 그토록 싫어하는 동성의 그 사람과 더 닮았을 것이다. 여기서 왜 이런 이야기를 꺼내느냐고? 연인관계에서 생겨나는 문제들을 가만히 보자. "무슨 남자가 이래?" 또는 "이런 일은 여자가 하는 게 아니지!"라는 말로 못 박기 일쑤다. 사실 남녀 성구별에 의한 전형적인 태도는 존재하지 않는다. 그럼에도 불구하고 소위 남자라면, 여자라면 마땅히 그래야한다고 기대한다. 이 기대가 어긋나서 일어나는 문제가 심심치 않다. 이것이 바로 진짜 걸림돌이다. 이는 남자와 여자가 맞지 않아서가 아니라, 사회에 의해 규정된 역할분담이 맞지 않는 데서 생기는 걸림돌이다.

요점: 남자와 여자는 아주 잘 맞는 존재다. 침대에서도 그렇다. 물론 거기에도 걸림돌이 있을 수 있겠지만.

♥ 나도 섹스를 즐기고 싶다!

아담 히브리어로 '인간'을 뜻한다 과 이브 히브리어로 '모든 생물의 어머니' 라는 뜻이다 는 남자와 여자를 상징한다. 그들로 인해 모든 것이 시작되었다. 낙원에서 쫓겨나면서 안락한 생활도 끝장났다. 이브는 지옥불과 같은 끔찍한 산고로 아기를 낳아야 하고, 아담은 농사를 지어 먹고 살아야 했다. 성경에 나오는 내용이다. 너무나 많은 일과 스트레스, 부정적인 기분 때문에 섹스와 애정이 넘치는 분위기를 나누기에는 시간이 턱없이 모자란다. 일상의 거대한 물레방아가 빙글빙글 돌아가며, 한때는 벌거벗고 낙원을 돌아다니며 덩실덩실 춤을 추던 두 히피족을 납작하게 짓이겨 가루로 만든 것이다. 성경에 이런 자세한 내용은 없지만, 상상의 날개를 조금만 펴도 손쉽게 그려볼 수 있다. 그리고 뱀도 고소해하며 웃을 일이 못된다. 땅바닥을 기어 다니며 먼지를 먹어야 하니까. 달콤하던 사과가 이토록 시어빠질 줄이야.

오늘날에도 연인들은 그와 비슷한 조건, 혹은 더 열악한 조건에서 살아야 한다. 이들도 역시 한때는 달콤한 사랑에 겨웠던 삶이 스트레스, 부정적인 감정, 시들해진 일상으로 고통스러워진다. 괴팅엔 대학교의 심리학 연구소에서 실행한 연구를 보면, 총 51,000명의 남녀 설문대상자 가운데 50%가 섹스생활에서 만족하지 못한다는 결과가 나왔다. 통계에서 제1순위를 차지한 문제가 바로 섹스문제였다. 그러나 여기 덧붙일 사실이 있다. 소위 섹스 문제는 원인이 섹스 자체에 있는 게 아니라, 다른 일의 결과로 나타나는 증상이라는 것이다. 거실이 불편해지기 시작하면 어느 순간부터 침실도 불편해진다. 무슨 말이냐면, 두 사람의 관계에서 불안, 불신, 상처 등 걸림돌에 걸리는 일이 잦아지면, 가장 친밀한 행위에 벌레가 들어 파먹는다는 뜻이다. 발기부전이나 질 경련 등 성 기능장애는 심리적 원인도 한 몫 하지만, 대부분은 전혀 다른 데에 원인이 있다. 그럴 때는 관계의 다른 부분에서 어디에 원인이 있는지 찾아내야 한다.

미국 시애틀의 고트맨 연구소에서 발표한 연구에 따르면, 성적만족도는 관계를 맺은 지 10년 사이에 꾸준히 감소하다가 막판에 아주 낮은 상태로 떨어진다고 한다. 이때부터는 몰래 정사를 나누는 애인을 만들지 않고, 서로에게 충실하겠다는 의지가 매우 필요한 시기로 들어간다. 통계를 보면, 이 시기에 바람을 피우는 일이 급속도로 증가한다. 바람피우는 일은 아무리 숨긴다 해도 두 사람의 관계에 어마어마한 악영향을 미친다. 성문제 전문가가 다음과 같은 예를 들려주었다.

린다와 예프는 성 장애로 인해 클리닉을 찾아온 환자입니다. 첫 상담에서 린다는 문제를 다음과 같이 이야기했어요.

"우리가 같이 지낸 지는 2년이 되었고, 몇 달 전부터는 섹스를 전혀 하지 않아요. 그리고 전 한 번도 오르가즘을 느껴본 적이 없는 것 같아요."

두 번째 상담에서 우리는 어디에 문제가 있는 것인지, 어떤 치료법을 적용할지, 어떻게 의사소통을 더 원활하게 할 수 있을지 이리저리 궁리를 했습니다. 그러나 조금도 진전이 없었죠. 나는 뭔가 얘기되지 않은 게 있는 것 같은 막연한 예감이 들었어요. 그래서 두 사람을 따로 불러 상담을 했습니다. 그러자 린다가 말하더군요.

"선생님께 고백할 게 있어요. 전 3개월 전부터 직장동료하고 성관계를 나누고 있어요. 전 그 관계를 절대로 끝내고 싶은 생각이 없어요. 그 남자가 쾌감을 최고로 느끼게 해주기 때문이죠. 그리고 선생님께 부탁드리겠는데요, 남편에게는 이 얘기를 하지 말아주세요."

물론 나는 그녀의 말을 존중했습니다. 하지만 이 시점에서 두 사람의 상담치료는 처음으로 돌아가야 한다는 사실이 분명해졌습니다. 결국 두 사람은 해결책을 찾지 못하고 클리닉을 떠나고 말았습니다. 린다는 비밀을 간직하고, 예프는 아무것도 모른 채 말이죠. 둘은 이렇게 하면 좋다, 저렇게 하면 좋다는 등의 정보만 산더미 같이 얻었습니다. 그리고는 상담치료를 받았으니 조금은 나아지지 않겠냐며 위안했지만 그리 오래가지 못할 게 뻔했습니다. 다음 해에 예프에게서 짧은 내용의 카드가 왔는데, 린다가 요구한 이혼에 도장을 찍었다고 합니다. 나로서는 예프에게 기운을 잃지 말라는 위로의 편지를 쓰는 일밖에 달리 할 일이 없었습니다.

외도는 두 사람의 관계에 어떤 영향이라도 미치기 마련이다. 게다가 대부분 부정적인 영향이다. 물론 관계의 지속여부에도 영향을 미친다.

비록 외도의 위험을 완전히 뿌리 뽑을 수는 없지만, 현저하게 낮추는 방법이 있다. 괴팅엔 연구소에서 실시한 조사를 보면, 설문에 응한 사람 51,000명 남성 65%, 여성 56% 중에 절반이상이 성적으로 원하는 바가 충족되지 못한다고 답했다. 이와 동시에 파트너 입장에서는 무엇인지 알기만 한다면 기꺼이 들어주겠다고 대답한 사람이 여성은 36%이고, 남성은 40%에 달한다. 이 결과가 말해주는 것은, 성적 환상이 충족된 사람의 수가 두 배가 될 수 있다는 뜻이다. 그러므로 상대방과 어떤 섹스를 원하는지에 대해 의견을 나누기만 해도 바람기를 현저하게 낮출 수 있다. 실제로 외도의 배후에는 원활하지 못한 의사소통 문제가 숨어있는 경우가 빈번하다.

사실, 남성 56%와 여성 68%가 상대방이 원하는 섹스를 전혀 모르고 있다! 그러니 지금이 바로 그 정보를 나눌 최상의 시간이다! 성문제 전문가들은 불안과 수치감이 때문에 이런 부분을 얘기하기가 쉽지 않다는 사실을 잘 안다. 그래서 전문가들은 절망과 바람기를 막기 위해서 성적환상에 대해 대화하는 것 외에 다른 방법도 추천한다. 즉, 섹스에서 즐거운 요소를 재발견하고 새로 만들기도 하는, 부끄러움 없는 환경을 만드는 일이다. 섹스가 즐거워서는 안 된다고 말한 사람은 대체 누굴까? 그렇게 말한 사람은 어디에 가서 그런 즐거움을 누리는 걸까? 그럼 어떻게 하면 섹스가 즐거울 수 있는지, 이제 읽어보자. 흥미진진하지 않은가?

♥ 에로틱 깜짝쇼

심리학자 도메나 렌스하우 교수는 시카고대학 클리닉에서 성기능장애 치료요법전문가로 일하고 있다. 그곳에서 실시하는 7주간 프로그램을 통해 커플들은 즐겁고 좋은 섹스를 나누는 법을 배운다. 이 '성性과학의 어머니'는 서구사회에서 성의식과 성계몽 상태가 지난 70년대보다 훨씬 못한 상태라고 강조하기에 지칠 줄 모른다. 이 사정은 미국이나 유럽이나 마찬가지라고 한다. 이처럼 성 주제에 대해 내숭떠는 일은 신화와 관련된 경우가 많다고 한다. 이 일에는 무엇보다도 성에 대한 과도한 기대, 부담감, 불안, 죄의식, 수치감이 관련되어 있다. 그래서 교수는 성문제를 툭 터놓고 자유롭게 다루는 일에 중점을 둔다. 기품을 갖춘 80세의 교수는 시험에 대한 불안을 어떻게 없앨 수 있냐고 묻는 여학생들에게 이렇게 충고한다.

"시험 때문에 불안해서 잠이 오지 않을 때는 수면제 따위는 먹지 마세요. 그 대신 자위행위를 하세요! 그러면 긴장이 풀리는데다, 부작용도 없고, 다음날 아침에 맑은 정신으로 깨어날 수 있습니다."

수업을 마무리하면서 던지는 멋진 한 마디다! 이는 우리가 전달하고 싶은 훌륭한 충고이기도 하다. 렌스로우의 성기능 장애 치료법에는 2주간 서로 성교를 하지 않은 상태에서 애무와 환상만으로 오감을 자극하라는 숙제가 있다. 이때 흥분이 일거나 섹스를 하고 싶다는 욕구가 생길 때는 그만 둔다. 이런 방법을 통해 사람들은 섹스행위가 원래 가지고 있는 농밀한 친밀감, 예민한 감각, 성적 흥분을 자유롭게 터뜨리는 법을 배우는 것이다. 훌륭한 섹스를 나누기 위한 중요한 가르침이다.

러브 아카데미에서 수준 높은 공부를 하는 우리 학생들은 혹시 이 충고를 듣고 시시하다든지, 별 도움이 안 될 것이라든지, 턱없이 모자라는 소리라고 생각할지 모르겠다. 그러나 한번 실천해본 사람은 안다. 이 방법이 상대를 만족시켜주어야 한다는 부담을 덜게 하는 동시에, 애무란 그냥 즐기는 것이라는 사실을 배우는 데 큰 도움이 된다는 것을. 많은 사람들에게는 이마저도 쉬운 일이 아니다. 사무실에서 열심히 일을 했던 태도가 침실에서는 많은 장애를 일으키기 때문이다. 섹스도 격한 업무가 되니까. 그러나 섹스는 성과를 올리는 일과는 아무 관계가 없다는 점을 명심하자.

성기능 장애 발기부전, 질 경련, 성욕저하, 조루, 불감증 등가 발생하거나 또는 출산계획 우리는 반드시 아기를 가질 거야으로 마음이 시달리면, 침실에서의 부담감은 굉장히 크게 증가한다. 이럴 때 서로 긴장을 풀고 유머를 나누는 것이 좋은 약이다. 이때 렌스하우 교수는 '에로틱 깜짝쇼'를 처방해준다. 이는 숨어있는 야성적 본능을 불러일으켜 침실에 즐거움을 도로 찾기 위한 방법이다. 중요한 것은, 이 일에는 옳은 것도 그른 것도 없으며, 성과를 거두어야 한다는 부담과 경쟁의식도 없어야 한다는 것이다. 다른 커플들이 가르쳐준 몇 가지 아이디어 실제로 행한 것!를 여기에서 소개하겠다. 이 아이디어를 최고의 오르가즘을 얻으라고 주는 정보로 오해하지 말라. 그보다는 긴장을 풀어주는 성생활을 위한 방법이라는 점에 초점을 두기 바란다.

당신이 직접 확인해보라.

• 같이 샤워를 하면서 서로 비누칠해주기
• '전신 마사지' 사용권을 베개 위에 올려놓기

- 침실에 빨간 장미와 촛불을 켜두기
- 둘이 같이 성 보조기구를 골라서 사용하기
- 추운 겨울밤, 전신에 따뜻한 바람 쐬어주기
- 직장에 의미심장한 내용의 카드 보내기
- 사무실에 장미 한 송이 보내기. "당신을 사랑합니다. 내가 누군지 아시겠지요?"라는 내용의 카드와 함께…
- 야한 속옷에 '오늘 밤에'라는 카드를 넣어 택배로 보내기
- 두 사람이 같이 들어갈 목욕탕에 신선한 장미꽃잎을 띄워놓기
- 서로 애무할 때 실크스카프, 깃털, 깨끗한 칫솔, 부드러운 붓 등 등을 이용하기
- 은은한 조명과 낭만적인 음악을 틀어놓고 둘이 발가벗고 춤추기
- 침대에서 벌거벗은 채로 신체의 각 부분에다 사용설명서가 적힌 포스트잇을 붙이기. '여기를 키스하세요,' '부드럽게 쓰다듬으세요,' '세게 눌러주세요' 등.
- 딸기잼, 생크림, 꿀, 초콜릿 무스 등을 나체에 바르고 천천히 즐기며 핥기
- 페니스에 크리스마스트리 장식 달기
- 같이 섹스 숍에 가서 앞으로 열리는 브라와 옆트임이 있는 슬립 사기
- 나체에 샴페인을 흘려 배꼽에 고이게 하기
- 가슴에 난 털에 '사랑해'라는 스카치테이프를 붙이고 나서 애인에게 화장용가위로 떼어달라고 하기. 가슴 털만 잘라야 한다!

- 반짝거리는 조명 줄을 설치해 두었다가 상대방이 방에 들어올 때 불 켜기. 음악을 곁들여도 좋다.
- 아이들을 영화관으로 보내거나 다른 사람에게 맡기고, 둘이 오붓하게 은은한 촛불 밑에서 식사하기
- 벽난로 앞에 깔린 양탄자 위에 벗고 누워서 애무하기
- 가슴에 립스틱으로 '애무해주세요,' '키스해주세요,' 등의 글씨를 쓰기
- 침실을 완전히 바꾸기. 바닥에 모래를 깔아놓고, 벽에는 여행지에서 찍은 그림을 붙여놓고 고기를 굽고, 재미있는 장난을 친다.
- 친구들이 휴가를 가고 집을 비운 사이에 친구 집에 가서 뜨거운 주말을 경험하기. 물론 다음번 휴가에는 친구들에게 내 집을 제공한다. 집을 깨끗이 치우고 나오는 것은 기본.
- 둘만 아는 애칭을 사용해 게시판에 교제광고 내기.
- 지금 당신이 하고 있는…!

이 중에 어떤 것은 소름이 쫙 끼치는 내용도 있을 것이다. 그래도 대체로는 솔깃한 관심이 생기면서 한번 시도해야겠다는 생각이 들기 바란다. 강조하는 뜻에서 다시 한 번 말하는데, 이런 행동을 실제로 해본 커플들이 그 시간에 엄청난 즐거움을 느꼈다고 한다. 그러니 한 번 해볼 만하다. 선배들의 경험을 흘려듣지 말기를! 이제 섹시한 아이디어만큼은 충분히 갖추었을 것이다. 필요할 경우에는 그냥 시험 삼아 해보기 바란다. 조금도 수치스러운 짓이 아니다. 스스로도 잘 알지

않는가? 이제 좀 더 학문적인 내용도 있다.

존 고트맨과 줄리에 고트맨 부부는 둘 다 미국의 인간관계 전문가이다. 이들은 미국 방송매체를 통해 '러브 실험실'로 알려진 가족관계 연구실험실에서 여러 쌍들을 관찰했다. 실험과정은 비디오로 촬영되었다. 대상자들은 맥박과 심전도에서부터 피부의 감지능력과 예민도에 이르기까지 모두 측정되었다. 테스트는 수학적 측면과 심리적 측면에서 평가되었다. 고트맨은 여기서 얻은 결과를 근거로, 어떤 쌍이 헤어질지 예견하는 데 있어 정확도 93%라는 전설적인 적중률을 보였다.

시애틀 주간지는 2002년 2월 13일자에 존 고트맨 인터뷰를 실었다. 그 인터뷰 중에서 대표적인 내용을 소개하려 한다. 인터뷰에서는 결혼생활에 대해 이야기했지만, 우리는 고트맨의 결론이 모든 관계에 두루 적용된다고 생각한다. 그래서 부부관계를 그냥 '관계'라는 말로 바꾸었다. 저널리스트는 다음과 같이 인터뷰를 시작했다.

[…] 나는 싱글 남성으로서 처음부터 나쁜 관계가 되지 않으려면 어떻게 해야 하는지 알고 싶었다. 그게 사전에 불행을 예방할 수 있는 좋은 방법이 아닐까? 카페에 앉아있던 고트맨 교수는 친절하게 나를 맞이해 주었다.

시애틀 주간지 : 교수님은 관계를 끝낸 많은 커플들에 대해 연구하셨습니다. 그리고 항상 헤어질 것이 예견되는 '네 가

지 태도'에 대해 말씀하셨습니다. 그 태도는 비판, 무시, 변명하는 태도, 벽을 쌓는 태도죠. 하지만 교수님이 연구한 많은 커플도 한때는 더없이 사랑한 사이지 않습니까? 어떻게 생각하시는지요?

고트맨 박사 : 처음 관계를 맺기 시작했을 때 사람들은 으레 이렇게 생각하지요. '아, 난 사랑에 빠졌어. 하늘을 나는 것만 같아. 이 사랑을 절대로 망치지 말아야겠다. 애인을 절대로 무시하지 않고, 항상 존중하는 마음으로 대해야지.' 그러나 유감스럽게도 그렇지 않습니다. 관계가 지속되어온 역사를 처음으로 돌아가 가만히 들여다본 사람이라면, 두 사람을 갈라놓게 만든 태도가 처음부터 있었다는 것을 알게 됩니다. 서로가 만나기 시작한 초기 단계에도 이미 헤어질 조짐이 존재한다는 사실이 연구에 의해 입증되었습니다. 그리고 6개월이 지나면 여유를 가지고 현재 사귀는 관계를 바라볼 수 있고, 이대로 계속 유지할 것인가 끝낼 것인가를 결정할 수 있습니다.

시애틀 주간지 : 제가 봤을 때 그 관계가 잘 돌아갈지 아닌지 어떻게 알 수 있습니까?

고트맨 박사 : 한 가지 물어보겠습니다. 친구사이는 어떻게 좋아질 수

있습니까? 그는 진정한 친구입니까? 달리 물어볼까요. 서로 툭 터놓고 어떤 일이든 얘기하는 사이입니까? 그 친구와 있으면 어떻게 시간이 지나가는지도 모르게 몇 시간이 훌쩍 지나갑니까? 남녀관계는 실제로 동성 간의 우정과 매우 유사합니다. 결국 서로에 대해 관심이 있느냐, 상대방이 중요하게 여기는 일을 잊어버리지 않고, 서로를 존중하느냐 하는 점이 좋은 관계를 이루는 관건이죠. 상대방이 언제 내 도움을 필요로 하는지 아는 것도 필요합니다. 섹스, 낭만, 열정은 그 다음에 오는 얘기입니다. 상대방이 당신을 특별한 존재라고 여깁니까? 자신을 매력적이라고 생각합니까? 상대방이 정말로 당신에게 푹 빠져 있습니까? 사랑의 유희를 나누는 사이입니까? 사랑을 나눌 때 열렬한 감정을 느낍니까?

시애틀 주간지 : 그러나 그런 감정은 처음에는 누구나 다 느끼는 것이 아닐까요?

고트맨 박사 : 글쎄요, 사람들은 진정으로 좋아하지도 않으면서 결혼을 합니다. 좋은 섹스를 나누는 것도 아니면서, 상대방이 관심을 보인다는 느낌이 들지 않으면서도 말이죠. 그럼에도 불구하고 결혼을 해요! 이야말로 참으로 놀라운 사실 아닙니까? 말하자면 사람들은 자신의 관계에

대해 어떤 검증도 거치지 않는 겁니다.

시애틀 주간지 : 좋아요, 그렇다고 칩시다. 하지만, 처음에는 열정적
         으로 사랑하던 사람들이 시간이 흐른다고 해서 반드
         시 식는 것만은 아니겠지요?

고트맨 박사 : 처음에는 열정적이고 환상적인 섹스를 나누다가 세월
         이 지나면서 시들해진다는 일반적인 통념은 잘못된 것
         입니다. 완전히 잘못된 생각이죠. 서로가 관심만 기울
         인다면, 시간이 갈수록 열정이 더 커질 수 있습니다. 오
         래 관계를 유지하고 있는 커플에 대한 연구결과를 보
         면, 그런 사람들은 만족스러운 성생활과 더불어 강한
         우정을 쌓은 사람들입니다. 그들은 이렇게 말하죠. "우
         린 늘 친한 친구사이였어요. 서로 이해하고 돕고 사는,
         진정한 동반자죠."

시애틀 주간지 : 그럼 싸움은 어떻습니까? 교수님의 저서를 읽어보면
         싸우는 것도 나쁘지 않다는 것 같이 말씀하시던데요.
         맞습니까?

고트맨 박사 : 그렇습니다. 갈등은 두 사람의 관계가 시작될 때부터
         이미 존재합니다. 이런 저런 이유가 많죠. 하지만 관계

를 해치느냐, 더욱 가까운 사이로 만드느냐의 관건은 균형을 어떻게 잡는가 하는 문제죠. 사이를 가깝게 만드는 갈등은 서로간의 영향력을 수용하고 타협점을 찾습니다. 반면에 파괴적인 갈등은 상대방을 괴롭히고 세력을 거머쥐려고 합니다. 그리고 변명을 늘어놓으면서 책임을 떠넘기려 하지요. 이게 전부 관계의 종말을 부르는 주요요인입니다. 중요한 것은, 두 사람이 거리감을 느끼고, 싸움이 잦아지며, 관계가 예전 같지 못하다는 생각이 들 때 어떻게 하느냐는 것입니다. 과연 원만한 사이로 되돌릴 수 있을 것인가? 그럴 때는 낙관을 가지는 것이 좋습니다. 그러면 어떤 폭풍우도 견뎌낼 수 있다는 기분이 생기죠. 사람 사이에 갈등은 없을 수 없습니다. 하지만 그 갈등을 사이가 더 좋게 만드는 방향으로 돌리는 방법이 있습니다. 바로 우정의 감정을 돈독히 쌓는 것이죠.

시애틀 주간지 : 요즘은 결혼의 절반이 이혼으로 끝나고 맙니다. 그토록 불행하게 끝을 내는 이유는 무엇입니까? 애초에 잘못된 선택을 한 것일까요? 혹시 우리 각자가 형편없는 파트너라는 뜻입니까?

고트맨 박사 : 관계는 다양한 방식으로 그르칠 수 있습니다. 그것을

가꾸고 유지하는 방법은 별로 없습니다. 그냥 서서히 망쳐지고 마는 것이죠. 열역학 함수이론에 의하면, 우주는 질서상태라기보다는 카오스상태일 가능성이 큽니다. 그래서 기능이 원활히 돌아가도록 관계를 유지하기 위해서는 일정한 양의 에너지가 요구되는 것이 사실입니다.

자, 이 정도면 무슨 이야기인지 충분히 이해가 되었을 것이다. 물론 관계가 성공적으로 이루어진다는 보장은 없다. 그러나 가장 큰 걸림돌이 무엇인지 정확하게 알고, 의사소통능력을 훈련하면 된다. 한마디로, 러브 아카데미에서 가르치는 내용을 생활에 실제로 적용하면 원만한 관계를 이룰 가능성이 가장 높아진다는 말이다.

우리가 지금껏 수도 없이 강조해온 '서로 대화를 나누라'는 조언이 혹시 하찮게 보일지도 모르겠다. 하지만 대부분의 문제는 의사소통의 문제, 대화의 부재에서 온다. 사람들은 일반적으로 대화라는 개념을 꽤나 복잡하게 생각하는 것이 사실이다. 육체적 대화, 정신적 대화, 영혼의 대화가 있다는 식으로. 어쨌든 인간관계에서 발생하는 문제는 이 세 가지 측면에서 대화를 잘 나눔으로써 대부분 해결된다. 우리는 일상에서 별로 중요하지도 않은 사람들과 늘 대화를 나누며 살아간다. 그러면서 그토록 소중한 연인과 대화를 나누는 일은 왜 그리도 어렵게 생각하는가? 말싸움에서 질까 봐? 열을 펄펄 내며 언쟁하다가 나중에 후회할지도 모르는 말이 튀어나올까 봐? 하지만 어떤 형태의 대화라도, 하다못해 말싸움이라도, 문제를 덮어놓고 침묵으로 도피하는 짓보다는 훨씬 건강하고 유익한 행동이다. 그리고 어떤 형태로든 가까이 다가가는 것이, 서로 기피하면서 순간순간을 죽이는 것보다는 훨씬 더 유익하다. 기피하는 태도는 사랑에 전혀 도움이 되지 않는다. 그리고 당신 자신에게도 결코 좋지 않다. 이런 불행한 일이 일어나지 않도록, 다음 학기에서는 어떻게 인간관계가 돌아가는지에 대해 배울 것이다.

다음 학기에 당신을 만난다는 생각에 벌써 마음이 즐겁다.

"입을 여는 용기여, 영원하라!"

친애하는 강사님들,

'관계는 이렇게 돌아가는 것이다' 를 배우는 학기입니다. 내가 개인적으로 제일 좋아하는 학기이기도 하죠. 아래에 제시한, 행복한 관계를 위한 성공요소를 수업에서 전달해 주십시오. 더불어 좋은 관계를 이루는 관건에 대해서도 학생들에게 잘 가르쳐 주시기 바랍니다.

1. 행복한 관계의 모범
2. 연구프로젝트
3. 사랑의 집
4. 관계를 위해 무엇을 해야 하며,
   무엇을 그냥 두는 것이 좋을까?

수고하십시오
Prof. Love

F. 러브 박사 (러브 아카데미 학장)

과연, 연애란 무엇일까?

사랑을 이루는 조건

♥ 이제, 나만의 '행복한 관계'를 그려보자

왕의 딸 프시케는 눈이 부시게 아름다웠다. 그래서 모두들 사랑의 여신 아프로디테에게 바치던 찬양을 모조리 프시케에게로 돌려 그녀에 대한 찬미가 끊이지 않았다. 이에 화가 난 여신은 아들 에로스를 시켜 그 경쟁자를 추하기 짝이 없는 모습으로 바꾸어 놓으라고 명령했다. 그러나 에로스가 막상 그녀를 본 순간 차마 어머니의 명령을 따를 수 없었다. 첫눈에 반해버렸던 것이다. 에로스는 프시케의 아버지가 아폴로 신에게 재물을 바치러 왔을 때, 마법의 주문을 통해 딸의 결혼식을 준비하고 그녀를 혼자 산꼭대기에 남겨두라는 명령을 내렸다. 서풍이 부드러운 바람을 입에서 혹하고 불어내 산꼭대기에 혼자 남겨진 프시케를 아름다운 성 한 채가 우뚝 서 있는 마법의 계곡으로 옮겨놓았다. 마법의 성에도 밤이 찾아왔다. 그녀가 침대에 눕자, 에로스가 사람의 모습으로 나타나 그녀와 황홀한 사랑을 나누었다. 에로스는 그녀에게 밤마다 이렇게 찾아올 테니 한 가지만 약속하라고 했다. 자신이 누구인지 알려 하지 않겠다고. 그녀는 약속했다. 그로부터 프시케는 이 낯선 남자에게 마음을 바쳐 열렬히 사랑했다. 하지만 시간이 흐르자 두고 온 언니들이 보고 싶어졌다. 낮에 혼자서 있자니 지루했던 탓이다. 에로스는 마지못해 그녀의 청을 들어 주었고, 다시금 서풍이 나서서 언니들을 마법의 성에 데려다놓았다. 언니들은 동생이 멋진 성에 살면서 갖가지 선물을 가지고 있는 것을 보고 질투심이 들끓었다. 그래서 프시케를 꼬드겨 그 남자가 누군지 알아내라고 성화를 부렸다. 다음날 밤, 프시케는 한 손에는 램프를 들고 다른 손에는 칼을 쥐고 조용히 침대로 갔다. 낯선 남자가 잠에 푹 빠져들었을 때, 그녀는 램프에 불을 켰다. 그리고 언니들이 일러준 대로 기이한 애인이 혹시 괴물이라도 된다면, 당장 찌를 태세로 칼을 높이 쳐들고 있었다. 그러나 프시케는 불빛에 비친 애인의 아름다운 모습을 보았다. 순간 깜짝 놀라 부들부들 손이 떨렸다. 그때 잠자고 있던 에로스의 몸에 램프의 기름이 몇 방울 떨어졌고, 잠에서 깨어난 그는 그 자리에서 휙 날아가버리고 말았다. 프시케는 잃어버린 애인을 찾아 온 세상을 헤매고 다녔다. 그러다 심지어 아프로디테의 손아귀에 들어가 힘겹고 위험한 일을 겪기도 했다. 그녀를 여전히 사랑하고 있던 에로스가 도움을 주어 그녀를 곤경에서 구해주었다. 마침내 제우스는 두 연인을 결합시켜주기로 했다. 헤르메스 신이 프시케를 데리고 신들이 사는 올림퍼스 산으로 가서, 그녀는 그곳에서 사랑의 신 에로스의 아내가 되었다.

마지막 학기를 위해 그리스 신화에 나오는 프시케와 에로스^{라틴어로 사}랑의 사랑이야기보다 더 좋은 이야기가 있을까? '프시케'라는 이름은 그리스어로 '영혼, 마음, 쾌락'을 뜻한다. 오늘에도 행복한 연인들은 영혼, 마음, 쾌락, 사랑_{에로스}을 나눈다. 그 안에 행복한 관계를 위해 필요한 모든 요소가 들어 있다. 영혼이 맞닿아 있고, 마음을 나누며, 쾌락을 함께하는 사람들은 이미 행복한 관계를 가진 것이다. 이번 학기에서 행복한 관계란 구체적으로 어떤 모습인지, 그리고 어떻게 얻을 수 있는지 배워보자.

♥ 행복한 관계의 이런 것이다

행복한 관계의 모범을 찾기는 보통 어려운 일이 아니다. 사람마다 특성이 다른 관계를 가지고 있고, 저마다 관계를 상상하는 이미지도 다른 탓이다. 어떤 사람에게는 모범이 되는 관계가 다른 사람에게는 혐오스러운 거부감이 들기고 하고, 조금도 공감이 가지 않을 수도 있다. 게다가 겉보기에는 더없이 완벽하고 이상적으로 보이던 관계도, 속을 들여다보면 전혀 아니올시다하는 경우가 얼마나 많은가? 프시케와 에로스의 사랑은 사랑하는 남녀 한 쌍의 신화적 원형이다. 이들은 문학적 인물로서 모범으로 삼기에는 인간적인 면이 적다는 한계가 있다. 그럼에도 불구하고 오비드, 호메로스, 셰익스피어가 문학에서 만들어낸 사랑의 모범을 빼놓을 수 없는 이유가 있다. 그들에게는 어떤 연인관계에든 공통적으로 해당하는 부분이 있기 때문이다.

영화나 소설, 드라마, 가십 등 우리 주위에 넘쳐나는 듯하지만, 사랑의 실제와 현실은 여전히 숨겨져 있기만 한다. 그러니 현실적으로 판단하기 위해서는 그 관계를 아주 세밀히 알지 않으면 안 된다. 만약 고트맨의 '사랑 실험실'에 괴테와 크리스티아네 불피우스가 찾아왔다면, 그들 관계에서 어떤 사실을 발견하게 되었을까? 세기의 사랑이라고 알려진 존 레논과 요코 오노 커플은 또 어땠을까? 그 사람들도 분명히 일반인들과 별 다를 게 없을 것이다. 그들은 조금 더 유명했을 뿐이고, 사회적 신분이라는 제약 속에서 사랑을 엮었을 뿐이다. 그것이 전부다. 그들도 역시 보통사람들처럼 한편으로는 두려움, 분노, 상처, 슬픔, 소외감, 불행에 얼룩지고, 다른 한편으로는 용기, 존중, 후원, 환희, 행복이라는 감정으로 마음을 돋우며 살던 사람들이다. 우리들과 마찬가지다. 그러면 여기에서 배울 점은 무엇일까? 할리우드 영화를 자세히 들여다보고, 소설책을 읽으면서 완벽한 사랑에 대해 상상해보라. 그러면 현재의 내 사랑이 비록 스타들만큼 화려하고 멋진 것은 아닐지라도, 그렇게 형편없지만도 않다는 사실을 알게 될 것이다. 겉으로 보이는 그들의 화려한 모습 뒤에 가려진 어두운 부분을 생각해보라. 당신의 사랑과 똑같을 것이다.

그러면 '사랑의 모범'라는 주제를 놓고 무엇을 말하자는 것이냐? 모범은 지극히 중요하지만, 찾아내기 어렵다는 문제가 있다. 게다가 하나의 예로써 모든 것을 다 설명하기는 절대 불가능하다. 모범은 사랑이 어떻게 돌아가는지 간접적으로만 보여준다. 그것도 자기가 사랑의 컨셉을 가지고 있을 때에만 가능한 얘기다. 구체적으로 비교할 대상이 있어야 하니까. 부모님, 친척, 친구들 중에 당신이 모범으로 삼은 대상을 유심히 관찰하면서 그 뒷면이 어떤지 들여다보라. 어떤 점을 따르고, 어떤 점을 따라서는 안 되겠다는 것을 판단하라. 그들을 경탄의 눈으로 우러러보며 한없이 추켜세우지만 말고, 당신의 눈높이에 맞추라. 그리고 어떤 예를 잊어야 하는지도 알아내야 한다. 즉, 부정적인 목소리를 전달하는 경우다. 가장 좋은 점을 배우라!

가장 좋은 점 배우기, 다시 말해 성공의 컨셉을 넘겨받는 법을 곧이어 소개하겠다. 그전에 해야 할 일이 있다. 러브 아카데미의 학생으로서 연구프로젝트에 참여하는 일이다.

♥ 연구프로젝트

우리는 러브 아카데미를 위해 연구하는 과정에서 이론을 하나 계발했다. 그러나 아직 증명할 단계에 이르지는 못했다. 그래서 당신의 도움이 필요하다. 현재 전공분야를 공부하고 있는 당신으로서는 사랑과 인간관계에 대한 연구결과를 직접 써내고 싶은 욕심도 있을 것이다. 반드시 해야 할 필요는 없지만, 흥미가 있다면 작성을 해보자!

이론 : 관계가 돌아가기 위해서는 특정한 조건이 있어야 한다. 이 특정조건 중에 첫째, 바꿀 수 있는 요소와 둘째, 바꿀 수 없는 요소를 가려낼 수 있다.

(1) 바꿀 수 없는 요소 : 개인이 바꿀 수 없는 요소, 변화시키기에 거

의 불가능한 요소를 빠짐없이 찾아보자. 예를 들면 자라면서 받은 가정교육, 가족적 배경, 사회적 환경, 지성, 유머, 인성 등을 꼽을 수 있다. 이런 요소들은 일반적으로 '일치'라고 표현된다.

(2) 바꿀 수 있는 요소 : 개인이 성찰을 통해 알아낼 수 있는 것들, 태도의 변화, 관계의 질을 변화시키는 능력을 얻게 하는 요소를 찾아보자. 예를 들면 의사소통 칭찬, 상대방의 마음을 움직이기, 논쟁문화 등, 교양, 자아성찰, 자아인지, 상대방에 대한 지식 등이 있다. 이 요소들은 '의사소통'이라고 표현된다.

앞의 두 가지 요소는 관계가 성공적으로 이루어지는 데 항상 따라다닌다. 두 요소의 영향력은, 바꿀 수 없는 요소가 더 큰 비중을 차지한다. 그 이유는 이 요소가 상대방에게 끌리는 매력 여부를 결정하기 때문이다 '사랑의 잡탕스프' 참조. 사람은 상대방에게 많이 끌리면 끌릴수록, 바꿀 수 있는 요소를 어떻게든 개선하려고 마음먹게 된다. 다시 말해, 바꿀 수 없는 요소가 서로 맞지 않으면, 의사소통을 적극적으로 하려는 의지를 갖지 않는다는 뜻이다. 게다가 바꿀 수 없는 요소는 스트레스 상황에서 사람이 취하는 태도에 더 큰 영향을 미친다. 거꾸로 말해 보자. 사람이 스트레스를 받는 상황에 놓이게 되면, 바꿀 수 없는 요소를 최소한으로 눌러둠으로써 상황이 더 악화되지 않도록 많은 노력을 기울일 수 있다는 뜻이 된다. 의사소통 능력을 최대치로 발휘해 스트레스 상황을 없애려는 것이다. 이처럼 두 가지 요소 영역은 서로

조정될 수 있다. 한 영역에서 생긴 결함을 다른 요소 영역을 통해 억제할 수 있다는 뜻이다. 우리는 바꿀 수 없는 요소가 좀 더 큰 세력을 행사한다고 생각한다. 따라서 그 비율을 다음과 같이 나누어보았다.

바꿀 수 없는 요소일치 : 60%
바꿀 수 있는 요소의사소통 : 40%

이 두 요소의 구조는 단련시킬 수 있는 근육에 비유할 수 있다. 몸이 탄탄한 사람과 철사같이 비쩍 마른 사람의 차이는 있다. 타고난 체질은 유전자에 의한 것이므로 바꿀 수 없는 요소에 해당한다. 그럼에도 불구하고 비쩍 마르게 타고난 사람도 애초에 탄탄한 몸집으로 타고난 사람보다 더 많은 근육을 기를 수 있다. 까짓것 열심히 단련하기만 하면 되는 일이다. 결국 선천적인 요인과 환경적인 요인의 상호작용이라고 할 수 있다. 이것을 우리의 이론에 적용하면, 사랑하는 관계에 있어 바꿀 수 없는 요소와 바꿀 수 있는 요소의 상호작용이라 하겠다. 시간을 들여 차근히 이론을 살펴보고, 당신의 경우는 두 요소의 조합이 어떻게 이루어졌는가 생각해보라.

이제 더 이상 시간을 끌고 싶지 않다. 행복한 관계의 모델은 이 두 요소가 결정한다는 것을 충분히 설명했다고 본다.

관계가 어떻게 돌아가는지에 대해 가르쳐준다고 해놓고 느닷없이 '행복한 사랑의 집'을 보여주는 게 더 낫다고 말한다면, 꽤나 생뚱맞은 소리로 들릴 지 모르겠다. 여기서 우리가 오래 묵은 좋은 사랑을 보여주려는 이유는, 그게 없으면 아무것도 돌아가지 않기 때문이다. 자, 그럼 사랑의 집을 상상해보자.

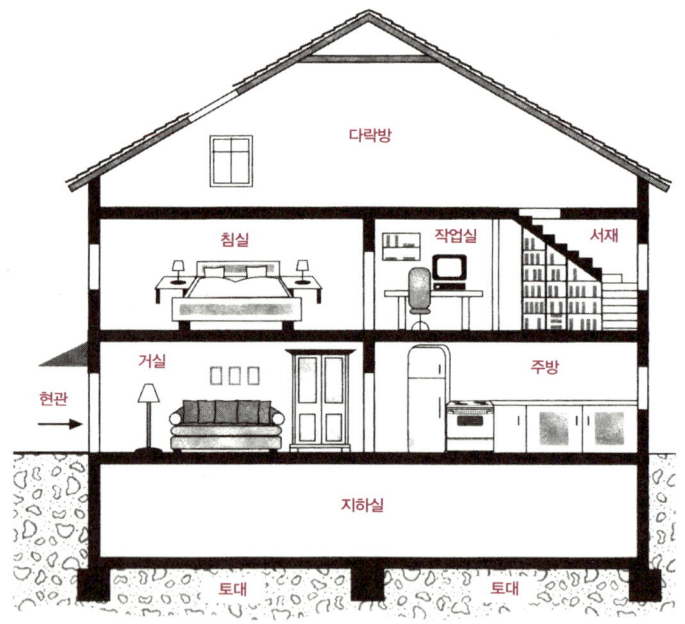

우리 집의 토대는 다음과 같은 감각의 일치가 만들어낸다.

1. 너의 체취를 맡을 수 있다

체취는 상대방을 선택하는 데 있어 중요한 기준이 된다. 말로만

'그 사람은 좋은 향기를 풍겨', '아무 냄새도 안 나는데' 라고 하는 게 아니다. 우리는 사람을 판단할 때 후각을 사용한다.

2. 너의 맛을 볼 수 있다

후각과 마찬가지다. 서로 친밀하게 애무를 하고 키스를 할 때 느끼는 맛도 상대방을 선택하는 중요한 기준이 된다.

3. 너를 볼 수 있다

'보기 좋은 떡이 맛도 있다', '눈으로도 먹는다' 라는 말은 사랑에 있어서도 마찬가지다. 사람은 시각적 존재이므로 눈으로 봤을 때 상대방이 마음에 들어야 한다. 이때는 미의 기준이 문제시되는 것이 아니라, 그 사람의 인상을 두고 말하는 것이다.

4. 너의 목소리를 들을 수 있다

토요일 저녁에 근사한 클럽에 나갔는데 저쪽에 멋진 남자가 앉아 있다. 솔깃한 마음에 다가가 말을 걸었더니, 이 남자가 웃기 시작하는데 '히히힝!' 하는 게 영락없이 말울음 소리다. 순간, 확 깨면서 당장 그 자리를 뜨고 싶어진다. 목소리도 역시 개인의 취향과 선호도를 따르기는 마찬가지다. 애인의 목소리라면, 당신의 귀에 대고 속삭일 때마다 짜릿짜릿하게 느껴져야 한다. 이때 잊어서는 안 되는 것은, 쥐새끼가 찍찍거리는 듯 귀에 거슬리는 목소리도 어떤 사람에게는 더없이 감미롭게 들린다는 사실!

5. 너를 손으로 만질 수 있다

"절대로 건드리고 싶지 않아!" 어떤 사람하고 길을 걸으며 이런 느낌이 들면 꽝이다. 육체적으로나 정신적으로 그 사람에게 가서 닿고 싶다는 욕구가 일어나야 한다.

사랑의 집 토대 위에 깔려있는 바닥은 집의 기초부분에 해당한다. 바닥은 인성, 유머, 지성으로 깔린다. 집에 이 구성요소가 없다면 지하실은 생각할 수도 없다. 바닥과 지하실은 사랑의 집 모델에서는 곰팡이가 슬고 컴컴한 부정적인 의미를 띄지 않는다. 그 대신, 집 구조 전체에 근본토대를 이루어 안정감을 제공한다. 지하실은 자라온 과정과 가족적 배경을 대표하는 공간이다.

그러니까 사랑의 집을 이루는 토대는, 바꿀 수 없는 요소를 뜻한다. 지금부터는 바꿀 수 있는 요소가 나올 차례다. 사랑의 집에 발을 들이면, 제일 먼저 거실이 나온다. 이곳에서 두 사람이 안락의자에 앉아 서로를 위해 이야기를 나눈다. 건강한 의사소통을 위해서는 다음과 같은 부분이 빠져서는 안 된다. 생산적인 논쟁문화, 때론 수동적이고 때론 능동적인 비판력, 경청, 공감, 불편한 얘깃거리를 꺼내서 표현하기, 때로 침묵하기와 그냥 내버려두기 등.

거실에서 나오면 이제 주방으로 들어간다. 주방은 사랑의 집에서 심장부에 해당한다. 주방에는 냉장고가 있다. 냉장고는 관계를 신선하고 바삭바삭하게 보관하는 데 쓰인다. 즉흥성, 창조성, 경쾌함, 관심, 새로운 것을 취하는 용기를 통해 관계를 신선하고 젊게 유지하는 것이다. 그 옆에는 오븐이 딸린 가스레인지가 있다. 가스레인지는 열정, 부드러움, 매력, 존중 등의 맛있는 음식을 따뜻하게 데워준다. 또한 새로운 요리를 만들어볼 수도 있다. 공동의 취미를 새로 만들어본다든지, 친구의 범위를 넓힌다든지, 새로운 감각의 유희를 실험해본다든지, 그런 일을 할 수 있는 곳이다. 그러면 그것을 즐기는 일은 침실에서 이루어진다. 침실은 사랑을 확인하는 장소이자, 나아가 새로운 사랑에 불을 지르는 곳이다 원한다면 다른 곳에서도. 이런 일은 건강한 환경이 받쳐주어야 가능하다. 침실은 성애, 애정 어린 친밀감, 다정함, 감수성, 자신과 상대방의 욕구에 대한 지식, 억제되었던 육체의 해방 등이 존재하는 공간이다.

해야 할 일이나 임무는 다른 곳, 즉 2층에 있는 작업실에서 한다. 여기서는 부족한 부분을 메우는데, 물론 관계를 더욱 강하게 만들기 위한 일을 한다. 두 사람의 관계에 약점은 없애고 장점은 더욱 살림으로써 탄탄한 안정감을 얻게 된다. 사실 작업실은 문제와 결함을 수리하는 공장이나 마찬가지다. 이제 작업실에 연결된 미닫이문을 열고 들어가면 자신만을 위한 독방, 서재가 있다. 이곳은 잡담금지 구역이다. 혼잣말 정도는 무방하다. 서재는 각자 따로 앉아서 성찰을 하며 미래를 설계하는 곳이다. 여기에서 인생목표 도표를 다시 점검해보라! 서재에 앉아 시간을 보내는 일은 '나만의 방에서 보내는 휴가'를 누리는 것이다. 계단을 올라가면 다락방이 나온다. 다락방에는 관계에서 있었던 과거가 놓여있다. 좋은 경험들은 필요할 때마다 다시 끄집어낼 수 있도록, 손닿기 쉬운 곳에 보관되어 있다. 다락방의 뒤편 구석에는 나쁜 경험들이 놓여있다. 그것을 창문 가까이에 놓아둠으로써 신선한 공기의 순환에 의해, 현재와 미래라는 바람에 실려 나가도록 한다. 이처럼 부정적인 경험들도 사랑의 집에서 공간을 차지하고 있다. 그러나 자꾸 뒤적거리지 않는다. 다락방은 과거가 머무는 공간이기 때문이다. 두 사람의 생활은 다른 곳에서 이루어진다. 여기, 현재라는 공간에.

집 전체는 지붕이 덮어 보호한다. 관계를 덮어주는 외투인 셈이다. 비, 눈, 우박이 심하게 몰아쳐도 사랑의 집은 끄떡없다. 이와 마찬가지로 사람들이 던지는 느닷없는 기대 "너희들 슬슬 아이를 가져야 하지 않냐.", 선입견 "너희 둘은 절대 어울릴 수 없어.", 질투 "나랑 같이 살았으면 당신이 훨씬 더 행복했을 걸." 에도 물론 끄떡없다. 지붕은 신뢰와 솔직함, 진지함, 서로에 대한 추구, 우정, 용서하고자 하는 마음으로 덮여있다. 아참, 빼놓아서는 안 되는 것이 있다! '잊어버리고 용서하라' 라는 말은 완전히 잘못된 말이다. 잊어버린 일을 어떻게 용서할 수 있으리오? '기억하고 용서하라' 라고 해야 옳다. 좀 더 나은 말로 하면, '용서한 다음에 더 이상 비난하지 말라'가 되겠다. 집 전체구조를 유지하는 시멘트는 두 사람의 의지이다. 관계를 적극적으로 발전시키며, 끊임없이 보살피려는 의지 말이다. 시멘트가 없으면 우리가 여태 공들여 지은 집은 카드로 쌓아올린 집처럼 와르르 무너지고 만다.

자, 이렇게 구성된 집이 이상적인 사랑의 집이다. 이 모든 공간이 다 갖추어지고 골고루 이용된다면, 당신은 행복한 집에서 사는 것이다.

♥ 사랑하는 사람에게 하지 말아야 할 행동

1. "사랑해"라고 말할 때, "나도 알아"라고 대답하기

2. 화가 나 있는 상태에서 "아무것도 아니야"라고 말하기

3. 무슨 일이 있어도 절대로 화를 내지 않기

4. "내가 당신을 사랑한다는 걸 알잖아. 몇 번씩 말해야 알아들어!" 라고 말하기

5. "그 사람이 정말로 날 사랑한다면, 내가 무슨 생각하고 있는지 잘 알거야!"라고 친구에게 하소연하기

6. 핸드폰 문자를 보내 상대방을 배신했다는 사실을 전달하기

7. 각자 상관없이 따로 놀기

8. "날 사랑해?"라고 물을 때 "지금 그런 얘기할 때가 아니잖아"라 고 대답하기

9. 사귄 지 2년이나 지났는데도 그녀가 오르가슴을 느낀 척 연기 하는 것인지 여전히 모르는 채로 있기

10. 바람을 피우면서 두 사람의 관계에 조금도 영향도 끼치지 않는 다고 생각하기

11. 섹스를 하고나서 "옛날 애인이랑 하던 것처럼 좋았어."라고 말 하기

12. "옛날 그 남자는 몸집이 끝내줬어!"라고 말하기

♥ 사랑하는 사람에게 해야 할 행동

1. "사랑해"라는 말에 "나도 사랑해!"라고 대답하기

2. 화가 나 있는 상태에서 "정말 신경질 난다", "화가 나서 뚜껑이 확 열리네." 등 확실하게 기분을 전달하기

3. 항상 단정하고 얌전해보이며, 누구에게나 호감을 보이려 애쓰지 말기.

4. 규칙적으로, 분명하게 사랑고백을 하기

5. 애인이 내 마음을 다 아는 예언자라고 착각하지 않기

6. 위기의 순간에도 줏대와 카리스마를 내보이기

7. 서로 나누며 살기

8. "날 사랑해?"라고 물을 때 그냥 "응" 또는 "아니"라고 간단하게 대답해도 된다는 사실을 알기

9. 말하기 어려운 속사정을 상대방에게 얘기하는 법 배우기. 특히 섹스에 관련된 문제도.

10. 원인이 있기에 결과가 있다는 인과응보에 대해 알기. 아무리 숨어서 바람을 피운다해도 마찬가지다.

11. 섬세함과 존중심을 창고에 처박아두지 말기

12. 꾸며대고 허풍떨지 말기

자, 여러분. 이제 수업을 마칠 시간이다. 벌써 종강이 다가왔다. 이토록 큰 성과를 거둔 것에 미리 축하한다. 지금까지 당신 자신에 대해, 관계에 대해 배우기 위해 많은 시간을 투자했다. 이제 갈고 닦은 실력을 실생활에서 마음껏 발휘하기 바란다. 인간관계학 학위를 손에 쥐고 위풍당당하게 배움의 전당을 떠나길 바란다. 벌써 아쉬운 마

음이 든다. 아무쪼록 앞날에 행운이 있기를. 당신이 꾸려나가야 할 인생을 삶의 지혜와 자신의 관점으로 살아나가길 바란다. 다른 사람의 권위에 눌리지 말라. 그들이 그러든지 말든지 신경 쓰지 말라. 당신의 성장을 방해하는 타협이라면 거절하라. 사랑을 얻어주겠다고 꾀는 사람을 쫓아다니지 말라. 당신이 스스로 강해지고, 자아의식을 갖춘, 섬세하고 자율적인 사람이 되어라. 마치 내일이 없는 것처럼 사랑하라. 자신에게 다정한 사람, 마주치는 사람에게 다정한 사람이 되어라. 당신보다 사랑할 줄 모르는 사람들이라고 해서 그들을 불안하게 만들지 말라. 삶 속으로 뛰어들어라. 러브 아카데미에 존중을 표하라. 그동안 진심어린 당신의 참여에 감사드린다. "사랑이여, 영원하라!"

홀거 슐라게터 교수   파트릭 힌츠 교수

졸업식

친애하는 파트릭 힌츠, 홀거 슐라게터!

중요한 날이 다가왔습니다. 드디어 졸업식입니다! 현재 여기까지 도달한 학생들이라면 이미 승리자입니다. 두 분 강사님, 이 학생들에게 인간관계 학위를 수여해주십시오.

또 한 가지, 내 일과 관련해 드릴 말씀이 있습니다.

나는 20년 넘게 러브 아카데미에서 학장으로 일했습니다. 그런데 이제 내 인생에서, 항상 일을 우선하느라 미뤄두었던 다른 것들이 있음을 깨달았습니다. 그 때문에 아내가 제일 힘들었을 것입니다. 그러나 이제 달라질 것입니다. 우리 부부는 집을 팔았고, 생명보험을 해약했습니다. 나와 아내는 이민을 가려고 합니다. 브라질에 커피농장을 구입했습니다. 우리는 그곳에 작은 낙원을 세우려 합니다. 평생 동안 가르쳐왔지만 실생활에서는 단편적으로만 행했던 것, 바로 사랑을 추구할 시간이 이제는 충분할 것입니다. 이런 이유로 나는 러브 아카데미 학장직을 물러나며, 두 분을 내 후임으로 임명합니다. 품위와 지혜로써 이 직책을 수행해주십시오. 두 분께서 분명 나의 자랑거리가 되시리라고 믿어 의심치 않습니다!
그리고 학생들에게 진심어린 축복의 말을 전해주십시오. 나야말로 학생들에게서 많은 것을 배웠습니다.

안녕히 계십시오

Prof. Love

피델리우스 러브 (러브 아카데미 전(前) 학장)

 졸업식

우리는 지극히 황송한 마음으로, 막중한 책임의 학장직을 넘겨받았다. 러브 학장님, 정말 감사합니다! 이토록 영광스러운 일이 생길 줄, 꿈엔들 알았으랴! 보시라, 늦었다는 이유로 할 수 없는 일은 없지 않은가! 우리가 바로 그 표본이다! 학장님의 감동적인 말씀으로 감격에 젖어있을 새도 없이 즉시 일에 착수해야 한다는 것도 다 그분의 뜻이리라. 이 졸업식을 끝으로 관계학 수업과정은 공식적으로 끝을 맺는다. 러브 아카데미를 떠나기 전에, 여러분의 노력과 열의에 보답하려는 뜻에서 몇 가지 생각을 더 전하고자 한다. 사랑을 위한 슈퍼처방전이 있을까? 없다. 적어도 두루두루 적용되는 처방전은 없다. 그러나 완전한 사랑을 향해 가는 도상에 있는 당신을 도와줄 원칙은 있다.

- 늘 당신의 마음을 따르라.
- 내면의 소리에 귀를 기울이라.
- 때로는 당신을 좋게 생각하는 사람들의 소리에도 귀를 기울이라.

- 인생의 방향을 당신의 욕구에 맞추라.

우리는 일상생활에서 각종 스트레스에 시달리고 초초하게 쫓기며, 다난한 괴로움을 겪는다. 그러나 평소에 좋아하는 음악이 마음에 위안을 주듯, 당신의 존재가 다른 사람에게 그런 좋은 영향을 미칠 수 있어야 한다. 생기를 불어넣고, 원기를 북돋고, 즐거움과 감동을 주고, 신뢰할만한 존재가 되어야 하는 것이다.

당신의 개성이 발전하는 데 있어서 그 무엇도, 그 누구도 억누를 권리는 없다. 그러므로 행동하라! 사랑을 위해 살아라! 사랑만이 그 모든 것을 포괄할 수 있다. 사랑만이 그토록 독특하며 다채롭고 영롱할 수 있다. 사랑은 너와 내가 밥 한 그릇을 나눠 먹는 일이다. 또한 빌리가 마야에게 꽃에서 따온 꿀을 나눠줄 때, 삐삐가 말의 생일날에 특별히 각설탕을 많이 줄 때, 마리와 클라우스가 헤어진 후에야 비로소 상대방 없이는 살 수 없다는 것을 깨달을 때, 하이디가 좋은 남자를 만나 다시 기회를 가질 때, 그때 사랑이 있다. 노르마가 있는 그대로 자신을 받아들일 때, 그리고 눈물을 글썽이는 비쩍 마른 남자가 볼품없는 외모에도 불구하고 그녀의 마음속에 누구에게서도 느끼지 못한 감정을 일으킬 때, 그때 사랑이 있다. 그밖에도 사랑은 훨씬 더 많은 의미일 수 있다. 당신에게 사랑은 무엇인가? 그것에 대해 끊임없이 생각해보라. 그리고 사랑을 잊지 말라.

배우라, 사랑하라, 살아라!